令嬢三姉妹 あるいは悪徳の誘惑

◆◆◆

庵乃音人

Otohito Anno

JN103188

紅文庫

目次

装幀　遠藤智子

令嬢三姉妹　あるいは悪徳の誘惑

第一章　夫の知らない妻の顔

1

「ちょっと……なにをするの！」

「いいじゃないか。お、俺たち、夫婦だろ」

白石修《しらいしおさむ》は、今年三十四歳になる。

いい年をした大人の男。

一歩家から外に出れば、それなりに名を知られた男でもある。

それなのに、そんな自分がこのように、性欲を持てあました思春期のガキ同然のふるまいに及ぶことになろうとは。

「い、いや！　やめてよ、ちょっと……」

「そんなこと言うなよ、梨花《りか》。おまえだって、ほんとはごぶさたで……」

「あァン、いやだって言ってるの。ちょっと、ああ……」

ベッドの脚がギシギシときしむ。

深夜の寝室。もう少しで日付が変わろうとしている。

クイーンサイズのベッドの中で、組み敷いているのは妻の梨花だ。

二カ月ほど前、三十二歳になったばかりの、人もうらやむ美人妻。

だが三週間ほど前から修たちの仲は、気やすく言葉もかわせない険悪なものになっていた。

理由は簡単だ。修が仲のいい友人たちと、うさ晴らしに風俗店に行ったことがバレてしまったのである。

すでに鬼籍に入った梨花の祖父は、立志伝中の人物として、自ら興した製鉄会社を一代で巨大企業にまで育てあげた辣腕《らつわん》事業家。

その三男坊に生まれた梨花の父親は大学教授となり、華族の出だという美しい女性を妻にめとった。

そうやって生まれた娘のひとりが梨花だった。

つまり、上流階級もいいところ。

生まれも育ちも一流の梨花は、美しさだけでなく聡明さもとびっきりだが、プライドの高さも折り紙つきである。

卵形の小顔に、アーモンドのように吊目《つりめ》がちの瞳。高い鼻すじと、勝ち気そうな眉《まゆ》の流線も、この女をさらに魅力的に見せていた。

修の遊びが発覚して以来、自分の身体に指一本触れさせようとはしなかった。もともと倦怠期《けんたいき》ぎみの夫婦ではあったが、抱く気にならないのと抱けないのとではまったく違う。

ベッドの中でも昼間と同様、プライドが高く、どこか女王様的で、あまり乱れる女ではなかったが、それでも夫婦にとって最高の会話はセックスである。

いつまでもこんな状態では、こちらの身が持たない。

今夜もこちらに背を向けて寝ようとした妻を、問答無用の強引さで修は求めたのだった。

「きゃあ。ちょ……やめてってば、ばか。あぁン」

覆いかぶさり、両手で乳を鷲《わし》づかみにする。梨花は引きつった悲鳴をあげ、いちだんと険しい目つきで夫をにらんだ。

「やめてって言ってるの。放してよ」

「り、梨花、俺、寂しかったよ。こんなふうに、おまえのおっぱい、揉《も》めなくて。こんなふうに、こんなふうに」

……もにゅもにゅ。もにゅ。

「ハァアン。やめてって言ってるの」

「夫婦じゃないか。なあ、許してくれよ。もう二度としないってば」

「あぁぁン……」

いやがる妻の手を払う。セクシーなピンク色をしたシルクのパジャマごしに、たわわなおっぱいをいやらしく揉みしだいた。

だが、夜着ごしでなんか、やはり満足できはしない。

修は鼻息を荒げ、スタイル抜群の梨花の肢体から、無理やりパジャマを脱がそうとする。

「ちょっと……ちょっとってば。いい加減に……ああ、いやあ……」

明るい栗色《くりいろ》の艶《つや》髪が、扇のように広がっていた。

ボブカットにととのえられた美しい髪から、シャンプーの香りがふわりと甘くたちのぼる。

「はぁはぁ……梨花、エッチしようよ。夫婦の仲直りは、やっぱりこれが」

「ば、ばか。ふざけないで。アハァアン……」

――ブルルルンッ！

「おおお、梨花……」

「ばか。ばか、やめて。ああ……」

むしりとらんばかりの勢いで、細身な上半身から乱暴にパジャマを脱がせた。中から露《あらわ》になったのは、スレンダーな肉体の一部とは思えない、マスクメロンさながらの豊満な乳房である。

激しく暴れるそのせいで、量感たっぷりのおっぱいが、たゆんたゆんと派手に揺れた。

先っぽをいろどる鳶色《とびいろ》の乳首は、これっぽっちも勃《た》ってなどいない。ほどよい大きさの乳輪のなかで、陥没ぎみに埋《うず》まっている。

「り、梨花、ごめん。ほんとにごめんな」

「ハアァン、ちょ……ああ、やめて。ハアァン……」

艶《なま》めかしくはずむ豊乳に指を食いこませ、せりあげるようにしてねちっこく揉んだ。

年齢とともに熟れの増してきた女体は、おっぱいもほどよい柔らかみを加え、甘柿のように熟している。

倦怠期がずっとつづき、これほどまでにいい女なのに、その肉体に食指の動かない時期が長かった。

だが、夫婦の危機が明らかになるや、こんな形で性欲が復活するのだから、男という生き物は我ながらわからない。

「梨花、愛してる。嘘《うそ》じゃない」

「あああ」

グニグニと乳を揉み、柔乳の形を思いのままに変えながら、片房の頂にむしゃぶりついた。そのとたん、梨花はビクンと身体をふるわせ、いやいやとさらに激しく髪を乱す。

「梨花……梨花……」

「い、いや……やめてよ。アハアア……」

れろれろと舌を躍らせて、乳首をしつこく舐《な》めしゃぶった。いやがる気持ちとは裏腹に、刺激を受けた乳芽たちが淫靡《いんび》なしこりを増してくる。

妻の喉からこぼれる声にも、次第に淫《みだ》らな艶が乗った。久しぶりに聞くその声に、修の男根はますますエレクトする。

「梨花、悪かったよ。もう二度としない。だから、なあ、許してくれって」

「ふ、ふざけないで。ああン、ほんとにやめて……」

もう少しで、官能の虜《とりこ》へと堕《お》ちていってくれそうな気もした。

だが梨花は、そんな自分の本能を断固として受け入れたくないようである。

冗談ではないというように、キッとまなじりをつりあげた。修の髪に手を埋め、自分の乳から放そうとする。

「うう……頼むよ、梨花。なあ、俺もうほんとに……」

「あなたになんか、触られたくない。なにがあっても、もう二度と……」

「梨花、うう……」

梨花の顔には度しがたい憤怒《ふんぬ》がにじみ出していた。

だが修のペニスは、すでにギンギンになっている。こんなところでやめるなんて、いくらなんでもせつなかった。

「そんなこと、言わないで。ほ、ほんとに俺、おまえを愛して……」

「嘘ばっかり。私に飽きて、抱こうともしなかったくせに」

「梨花……」

妻は修と揉み合いながら、ささくれだった感情をぶつけてくる。

妻のアソコにペニスを突き刺し、心の趣くまま挿《い》れたり出したりしたくなっていた。けれど修はあらがう妻を持てあまし、場違いなまでに勃起する滑稽《こっけい》な分身も持てあました。

「なあ、梨花、頼む。仲直りにさ……」

「だから、あなたと仲直りなんかしたくないって言ってるの！」

「わわっ」

思わぬ力で暴れられ、すらりと長い美脚で蹴《け》りまで入れられた。

修は不様にバランスを崩す。

梨花の身体からすべり落ちるどころか、ベッドの上からも転げおち、フローリングの床に尻からたたきつけられた。

「いててて……」

「……フンッ！」

腰に手を当て、顔をしかめてうめく夫に、梨花は冷淡だった。

脱がされたパジャマを腹立たしげな様子で身につけなおす。キッと修を一瞥《いちべつ》すると、頭からかけ布団をかぶり、こちらに完全に背を向けた。

（……最悪だ）

完全拒絶もいいところのその態度を見せつけられ、修はあらためて暗澹《あんたん》たる気持ちになった。

あんなにビンビンにおっ勃っていたのに、股間の猛《たけ》りもしおしおと、塩をかけられたナメクジのようになっていく。

修は大学在学中に、検索エンジンのＩＴベンチャーを起ちあげた。

一時は時代も追い風になり、ＩＴ界の風雲児などと持ちあげられ、勢いのまま会社も急速に拡大させた。

そんな男だったからこそ、梨花のような高嶺《たかね》の花も修になびいた。

だが生き馬の目を抜くＩＴ業界で、覇者の座につくことは並大抵ではない。

修が開発を進めた検索エンジンは結局時代の波に乗れず、いつしか彼が起ちあげた会社は、ソフト開発の下請けが売上のほとんどを占めるような、どこにでもある会社に変わった。

そして梨花は、はずれくじを引いたというような態度を、夫に対して隠そうともしなかった。

修はそんな梨花に、さらに深く傷つけられた。

そんなところに、やがて倦怠期がやってきた。

修には修の言い分もあったが、梨花にも梨花で、ゆずれないものがあるようだった。

そのうえ、最初のころこそ好意的だった義理の両親も、ちかごろでは修をうとむようになっていた。

(もう俺も、ほんとに終わりかな)

修は小さくため息をつき、その場に立ちあがる。

痛む腰をさすりつつ、乱れた夜着をととのえた。

背を向けた梨花は、動こうとしなかった。

修はもう一度、今度は長く深いため息をつき、大きなベッドの反対側に、梨花と離れてまるくなった。

2

「えっ。い、今なんて言った」

思わず声が大きくなった。

修はあわてて首をすくめ、視線を泳がせて周囲をうかがう。

居酒屋の中は、すでに満員だった。

だが客たちは、誰もが自分たちの会話に夢中になり、こちらを気にする者などいない。

修はホッとして、目の前の相手を見つめ直した。

首都東京に隣接するX県の巨大都市。

駅からほど近い、庶民的な海鮮酒場に修はいた。

「すみません。ほんとにすみません」

その男は言葉のとおり恐縮し、何度も修に頭を下げた。

立川聡史《たちかわさとし》、三十歳。

外資系保険会社に勤めるエリートサラリーマンの彼は、修とは義理の兄弟の仲である。

すらりと細身で、真面目そうな雰囲気。

だが顔だちは相当に美形で、同性の修が見ても、なかなかのものだと認めざるをえなかった。

だからこそ「あんなかわいい嫁さん」のハートを射止めたのであろう。

いや、そんなことより……。

「さ、聡史くん」

「はい……」

「今の……マジ」

「…………」

「マジ、なの」

じれたように答えを求めた。

返事のないのが、すなわち返事。聡史は居心地悪そうに身をすくめ、うなだれたまま目を閉じる。

（嘘だろう）

自分の耳を疑うとは、まさにこのことだ。

修は椅子の背に体重を預けた。恐縮した様子で小さくなる義理の弟をじっと見る。

——すみません、義兄《にい》さん。じつはお義姉《ねえ》さん……梨花さんと、不倫関係になってしまっています。

たった今、聡史はそう告白し、懺悔《ざんげ》をしたのだった。

聡史に誘われること自体珍しく、いったいなんの用だとは思いはしたが、まさかこんな真実をつきつけられるとは思わなかった。

「あ、あの、あのさ」

だが、いつまでも呆然《ぼうぜん》としてはいられない。めまいのしそうな自分を叱咤《しった》し、修は卓へと身を乗り出す。

「それって……いつから」

「義兄さん……」

「悪いけど、ぜんぶ聞かせてくれるか」

説明を求める言葉は思わずふるえた。そんなつもりはなかったが、聡史にしてみれば、やはり怒りを買ったかと思ったのかもしれない。

「うう……」

追いつめられた顔つきになった。ぐびっとひとくち、ジョッキの生ビールをあおる。そして――。

「どこから……話せばいいんでしょうね……」

やがて聡史は、とつとつと白状しはじめた。修はそんな義弟の告白を、息を呑《の》んだまま受けとめる。

梨花との関係は三カ月ほど前からはじまったようだ。

家に遊びにきた梨花に「じつは相談があるんだけど……」とあらためて、ふたりだけで会ってほしいと頼まれたのがきっかけだったと聡史は言う。

聡史の妻は、梨花の実妹だ。

立川由岐《ゆき》、二十四歳。

梨花たちは三姉妹で、梨花が真ん中、由岐は末の妹である。

ちなみに長女は、永沢愛結子《ながさわまゆこ》という三十六歳になる清楚《せいそ》な人妻だが、小さな時分から彼女たちは美人三姉妹として近隣では有名な存在だったらしく、三人そろって男たちの憧憬《しょうけい》の的だったという。

だが三人が三人とも、見事に美貌《びぼう》の種類も性格も違った。

そして由岐は、勝ち気な次女である梨花と血がつながっていることが信じられないような、おとなしい性格のキュートな妹キャラだ。

修も由岐と会うたびに、つねに父性本能を刺激された。

かわいく、どこか微笑《ほほえ》ましい、小動物的な魅力を持った愛くるしい女性。

梨花はそんな妹夫婦を訪ね、由岐に隠れてこっそりと聡史を誘い出したのだった。

口実は「夫との倦怠期が長引き、かまってもくれなくなって深く傷ついている」というものだったが、聞けば梨花はその日のうちに聡史を自ら激しく求め、男と女の関係にまでなってしまったようである。

それ以来今日まで、週に一度か二度ほどは、誰にも内緒でふたりきりの時間を過ごすようになっていた。

聞けばなんと修の家にまで、招かれてことに及んだこともあるというから驚きだ。

「それで、いつまでもこんなことをしていたら、義兄さんに申し訳ないって、ちょっと……はっきり言えば俺、びびってしまって」

口もきけずに啞然《あぜん》とする修に、胸のつかえが取れたような早口になって聡史は言った。

「それに、由岐にも罪の意識が出てしまって……お義姉さんにはもちろん内緒ですけど、もう俺……さすがに黙っていられないなって。す、すみません」

聡史は居住まいを正し、修に向かって頭を下げた。

修はそんな聡史の後頭部を見ながら、改めて深々とため息をつく。

三カ月前からはじまったということは、修の女遊びが露見するはるか以前のことである。

すると梨花は修の浮気云々《うんぬん》が原因ではなく、聡史との火遊びで彼に夢中になるあまり、夫のことなどどうでもよくなっていたということか。

（なんてこった）

思わず胸をしめつけられる。やはり自分たち夫婦は、どう考えても、もう長くないのかもしれない。

しかし、それはそれとして――。

（なんか……メチャメチャむかつく）

この先、妻とどうなろうとも、やはり現時点では自分の女である梨花を寝取られたことは不愉快だった。

じつに、じつに不愉快だ。

「どうだったよ、あいつ」

胸の底にじわじわと、熱いような、せつないような、複雑な感情がこみあげた。それが妬心《としん》というものであることも、修は先刻承知である。

「ど、どうって」

眉根にしわをよせ、申し訳なさそうに聡史はこちらを見た。

自分が嫉妬《しっと》にかられていることを気づかれたくなくて、修は鷹揚《おうよう》に笑ってみせる。うまくいったかどうか、まったく自信はなかった。

「だから、あいつとのセックスだよ。由岐ちゃんとはやっぱタイプが違うか」

「義兄さん……」

「どうなんだ。言えよ」

「は、はあ……」

そう来たかと、とまどっているようにも見受けられた。

聡史は困惑した様子で顔をしかめる。頭に手をやってしばらく考えたすえ、うめくようにようやく言う。

「似てると言えば、似てるところもあるんですけど、ただ……」

「……うん？　ただ、なんだよ」

言いよどむ聡史を、修はあおった。

「ですから……」

聡史は困ったように周囲に目をやる。

修に顔を近づけ、小声で言った。

「ベッドで人が変わったようになるのは、さすが姉妹だなって思うぐらいそっくりなんですけど、それにしたって、女の人っていうのはわからないですね」

「……えっ」

きょとんとする修に、聡史はささやく。

「いや、義姉さんって……エッチのときはあんなにドMな人だったんですね」

3

（……来た！）

修は緊張した。

仕事でも、緊張することはもちろん毎日のようにある。だが、こんな緊張感にかられたことはめったになかった。

息を殺し、暗闇《くらやみ》の中で身をこわばらせる。

「……ンフフ、どうしたの。なんか、顔が引きつってない？」

「い、いや、そんなこと……」

扉の向こうから、くぐもった声で聞こえてくるのは、梨花の声だ。とまどったような男の声は、聡史のものである。

「来て、聡ちゃん。ほら……」

「義姉さん……」

「いいから、ほら」

「ああ……」

（ぬうぅ）

光のささない暗闇の中で、修はたまらずうめきそうになった。

自ら望んだこととは言え、寝取られ亭主の悲哀とは、想像していた以上につらく、せつない。

修は、クローゼットの中に隠れていた。

長年住みなれた、自分の家の寝室のクローゼット。もちろんここにこんなふうに、身をひそめたことなど一度だってなかった。

聡史から、梨花との不貞を告げられたあの日から一週間が経《た》っていた。

梨花は夫が隠れているとはつゆ知らず、またしても義弟を自宅へと誘いこんだのだ。

しかも一度ならず二度までも、自宅どころか寝室の中にまで。

――聡史くん、俺のまえで、梨花とセックスしてみせてくれよ。

今日のこの異常な状況は、修のそんなゆがんだひと言からはじまった。

寝取られ男の惨めさをいやというほど味わわされた修は、屈折したジェラシーとほの暗い好奇心の虜になり、自ら聡史に頼みこんだのだ。

（梨花が、ドMだと？）

扉の向こうから届くふたりの声と気配に耳をそばだてながら、修はごくっと唾を飲んだ。

聡史によれば、濡れ場での梨花は日ごろの彼女とは別人のようだという。

いつもはすまして気位の高い、女王様然としたキャラだ。

それなのに、ベッドの中では別人のようになり、か弱いマゾ牝《めす》のそそる姿を見せるというではないか。

（ばかな。だったら、どうして俺がそれを知らないんだ）

真っ暗なクローゼットの中で、修はまたも嫉妬を持てあました。

梨花と結婚をして、もう九年ほど。

つい最近は倦怠期もあってごぶさたつづきになったとはいえ、結婚してからしばらくの間は、毎晩のようにまぐわった。

しかし正直一度だって、修は妻のそんな姿を見ていない。

「あぁン、聡ちゃん……」

「うう、義姉さん……」

(うっ。は、はじまったか)

扉ごしに聞こえる不穏な物音は、ベッドがギシギシときしむ音だった。

それにつづいて甘ったるい梨花の声と、うろたえぎみの聡史の声がふたつつづいて耳まで届く。

午後二時を、ちょっとまわったところだ。修はなにも知らないふりをして、今日もまたいつものように、朝の九時には家を出た。

もちろん聡史の情報で、梨花が義弟を我が家に誘っていることは承知のうえだった。そうとは知らない修の妻は、一時半には家を出て、彼女専用の高級外車で駅まで聡史を迎えに出た。

修はずっと、近くのショッピングモールなどで待機をしていた。

そして義弟から連絡を受けた彼は、自分の車ではなくタクシーを使い、すぐさま家へととって返した。

今日もまた、寝室のベッドでエッチがしたいと、梨花は言っているという。修は聡史から聞いたその情報を信じ、寝室のクローゼットに飛びこんでふたりが来るのを待っていたのである。

——聡史くん、遠慮しないで、いつものようにやってくれ。手を抜いたりしたら、ただではすまさないよ。

とまどう聡史に、修は事前にそう命じていた。

まさかこんな展開になるなんて、夢にも思っていなかったろう。聡史は狼狽《ろうばい》しながらも、人の女房をかすめとった弱みから、結局修に言われるがまま、非道な寝取り男の務めを今日も果たすことになったのだ。

「ね、義姉さん……」

「ハアァン。あはぁ、聡ちゃん……」

(くうぅ、梨花……なんて声を)

このところ、聞くこともなかった妻の淫声に、修は妬心を刺激された。

いや、待てよ。よく考えたら梨花のここまで派手な声、一度だって聞いたことなどなかったのではあるまいか……。

「し、して、聡ちゃん、いつもみたいに」

「うう、義姉さん……」

「して、してしてして」

「こ、こうですか。ねえ、こう、義姉さん」

「あああああ」

(うう、梨花……)

寝室に入ってくるなりふたりの行為は、一気に熱烈な火ぶたを切った。扉ごしでも、自分の妻が本気で興奮していることがよくわかる。

「な、なんだよ、義姉さん、もうこんなに濡らして」

(濡らして……)

「アァン、そんなこと言わないで。濡れてない。濡れてないンン」

「濡れてるじゃないか。なんだよ、このマ×コ」

「うああああ」

(おお、梨花、おまえ……)

クローゼットの扉が、ビリビリとふるえるかと思うようなあえぎ声だった。

「あああ、ああああああ」

それにつづいてとり乱した、いやらしいよがり声が耳に届く。

それと一緒に聞こえてくるのは、猫がミルクを舐めるかのような、ピチャピチャという淫靡な汁音だ。

「あん、やめて。いやン、恥ずかしい。あっあっ。ハアァ……」

「おお、義姉さん、マ×コから、こんなにスケベな汁が、はぁはぁ」

「いやあ、いやあ、ああああ」

（うう……み、見たい！）

くぐもったトーンで聞こえてくる淫らなやりとりや物音に、修は地団駄踏みたくなった。

胸の中いっぱいに、炭酸水が染みわたるような激情が広がってくる。しびれるほどのジェラシーは、やはりとてつもない激しさだ。

好奇心、悲しみ、興奮、嫉妬、怒り、官能——自ら望んだこととはいえ、この異常な状況と感情は、やはり尋常なものではない。

（くっ……）

そっと扉に指を伸ばす。クローゼットのドアは折れ戸仕様だ。音をたてないよう慎重に、修は少しだけ扉を押す。

……カタン。

(——っ！)

小さな音をたて、ドアが細めに開いた。

「あああああ」

そのとたん、梨花の淫らなあえぎ声は、いきなり迫力と生々しさを増す。

どうやら、気づかれずにすんだようだ。

早くも梨花は欲望の世界にどっぷりとおぼれているらしい。

(うおおおおっ！)

さらに扉をもう少し開け、縦長の視界をワイドにした。

そこに広がった光景は、覚悟も予想もしていたが、それでも強烈なインパクトとともに、修の視界に飛びこんでくる。

「ハアン、聡ちゃん、いやン、恥ずかしい。あっあっ、ヒイィン」

「義姉さん、なんだよ、このマ×コ。こんなにドロドロと、スケベな汁をあふれさせて。んっんっ……」

……ピチャピチャ。ぢゅちゅ。

「あああ。は、恥ずかしい。そんなこと言わないで。いやン、聡ちゃんのばか。いじわる。いじわる。あああああ」

（り、梨花！）

もう一度、修は叫んでしまいそうになる。

口に手を当て、懸命に衝動をこらえようとした。

４ＬＤＫの一軒家。その、二階の八畳間。窓にはレースだけでなく厚手のカーテンもしっかりと引かれ、薄闇に支配されていた。

そんななか、修はたしかにはっきりと見た。

自分の妻であるはずの女が、ベッドに四つんばいになっている。

剝き出しになった局部を舐めているのは、義理の弟だ。

梨花はすでに半裸姿に剝かれていた。

ブランドもののワンピースとセクシーなブラックのパンティが、無造作に床に放《ほう》られている。

「ハァアン。だめ。いやン。アアァァ」

獣の格好をしいられた梨花は、熟れざかりの肢体を惜しげもなくさらしていた。身につけているのは、乳房を包む漆黒のブラジャーだけ。すらりと細いモデル顔負けの半裸身が、薄闇の中でセクシーな光沢を放っている。

「おお、義姉さん、はぁはぁはぁ」

そんな梨花の股《また》の間に陣どって、パンツ一丁の聡史が舌をくねらせていた。

艶めかしい汁音を響かせて、ぬめるワレメをピチャピチャとさかんに舐めては梨花の情欲を刺激する。

「……っ！」

どうやらこちらに気づいたようだ。

ふり返り、クローゼットの修を見た聡史の顔は引きつっていた。

(俺のことはいいから)

そんな思いを表情でぶつけた。顎をしゃくり、行為に専念しろと命じた。

そうだ、忘れていたと思い出す。

修はスマートフォンを取り出すと、録音アプリを起動させ、こっそりと録音を開始した。

4

「くっ……」

修の命令に、聡史はおとなしくしたがった。こうなったら、とことんやるしかないだろうと腹もくくったのかもしれない。

「ま、まったく……義姉さんがこんなスケべなマゾ牝だったなんてね」

聡史は再び、目の前の梨花に集中しはじめた。れろんとひと舐め、さらに激しく、汁まみれの媚肉を舌で擦《こす》りあげる。

「ンッヒイィ」

「なんだよ、このエロマ×コ」

日ごろの生真面目さをかなぐり捨て、聡史は横暴な責め師になった。もちろん梨花に求められ、そうした役割を演じているのだ。

「アァン、聡ちゃ……アッハアァァ」

四つんばいの美牝は、背すじを反らしてエロチックな声をあげた。聡史がそろえた二本の指をヌプリと膣穴に挿入したのである。

「あああ、聡ちゃん」

「こんなにヌルヌルさせて……このマゾ牝、マゾ牝」

……グチョグチョ。ぬちょ、グチョ。

「うああ、聡ちゃん、ああ、そんな、ああああああ」

男の淫心を刺激する卑猥《ひわい》な汁音が高まった。窮屈な肉洞を前へうしろへと、聡史は指でかきむしる。

「ヒイィン。ああ、やめて。恥ずかしい」

「なにが恥ずかしいだよ」

(あっ)

——ピシャリ！

「ンッヒイィィ」

修は息を呑んだ。しかたなくドSな責め師となった聡史は、いかにも自然な流れのように梨花のお尻を平手で打つ。

梨花は両手を突っぱらせ、天を仰いでせつない悲鳴をほとばしらせた。

(り、梨花)

「アァン、お願い。お尻、ぶたないで」

「なに言ってんだ。ドMのくせに」

——ピシィッ！

「あああああ」

——バシッ。ピシャリ！

「ヒィイン。ヒイイィン。ああああ」

聡史の平手打ちは、容赦ない強さだった。

五本の指が色白ヒップをたたくたび、肉がブルンと派手にふるえる。まんまるな梨花の臀丘《でんきゅう》に、みるみる赤味が差してくる。

(嘘だろう)

尻をたたかれ、屈服の悲鳴をあげるのは、修の知っている梨花ではなかった。

並の男など歯牙《しが》にもかけない、勝ち気で高慢で、プライドの高い彼の妻は、いったいどこにいったのだ——。

「ぶたないで。ぶっちゃいやあぁ」

いやいやと髪を乱し、声を引きつらせて梨花は叫ぶ。

気位の高そうな、アーモンド形の瞳は涙に濡れていた。

真っ赤に染まった美貌には、見たこともないような妖艶《ようえん》さが色濃くにじみ出している。鼻っ柱の強そうな美しさと、痛みと官能におびえてみせるマゾ牝的な落差は、あまりに強烈だ。

「嘘、つくなよ、義姉さん。ケツをたたかれると、興奮するくせに」

――バッシイィン！

「ひゃああ。う、嘘よ。そんなの嘘おおおっ」

またしても尻をたたかれて、梨花はあられもない声をあげた。ボブカットにした栗色の髪を躍らせて、必死に左右にかぶりをふる。

「ていうか……こっちのほうがもっと好きだっけ」

そんな梨花に、聡史はさらなる責めに出る。

いきなりやわらかそうな尻に顔を近づけるや、まる出しになった臀肉の谷間を、ねろんと舌で舐めあげた。

「きゃあああ」

それはまさに、吹っ飛んだ、という形容が正しかった。我を忘れた声をあげ、梨花はベッドに勢いよく突っぷす。

聡史は義姉に指を伸ばし、パチンと音をたててブラのホックをはずした。

強引に梨花の胸から黒いカップをむしりとる。背後の修を意識しながら、やけくそのように床に放った。

「アアン、聡ちゃん」

「好きだよね、義姉さん。肛門、舐められるの。んっ……」

「きゃあああ」

梨花の両脚に手を伸ばすと、聡史は彼女をガニ股にさせた。

夫の修にすら、プライドの高さを見せつけてはばからない負けず嫌いの女。

そんな女がつぶれた蛙《かえる》のような、みじめな姿を無防備にさらす。

しかも――。

「そうでしょ。好きだよね、こういうの」

「ンッヒイイィ」

聡史の責めは、ますますねちっこさを増した。開きなおっていつものように、梨花の求めに応《こた》えているということか。

いやがる人妻を力任せに押さえつけ、下品なガニ股姿をしいた。

そしてそのまま、まんまるに盛りあがる双臀の間に顔を押しつけ、尻の谷間をねろねろと、しつこいねちっこさで舐めしゃぶる。

「あああ。ダメエエエ」

「嘘つきなよ。肛門舐められるの、好きなくせに。んっ……」

……ピチャピチャ。

「ヒイイ。好きじゃない。こ、肛門なんて言わないで。恥ずかしいンン」

「肛門。エロい肛門。義姉さん、俺今、義姉さんの肛門舐めてるよ」

なぶるような声音で言うと、聡史は激しくかぶりをふり、わざと、ぢゅるぢゅると音をたて、梨花のアヌスを舐めしゃぶる。

「ンッヒイィ。やめて。肛門ダメえええ」

「肛門。しわしわの肛門」

「あああ」

「義姉さんみたいにきれいな女でも、やっぱり肛門はスケベな眺めだね」

……ピチャピチャ。れろれろ、ねろん。

「あああああ」

「でもって、マ×コもエロエロ」

「ヒイイイィン」

肛肉に舌の雨を降らせながら、またしても聡史は二本の指を汁まみれの秘肉に突き刺した。

前へ、うしろへ。前へ、うしろへ。

グチョグチョと汁音をたててヒダ肉をかきむしり、肛門舐めとの二点責めで、官能の電撃を注ぎこむ。

「あああ。か、感じちゃう。感じちゃうよおおう。どうしてこんなに気持ちいいの。ああああああ」

（うおお、うおおおおっ……！）

ガニ股姿の人妻は、涙声になって歓喜にむせんだ。ヒクン、ヒクンと形のいいヒップが、上へ下へといやらしい動きで何度もくねる。

修の知らない妻だった。夫には見せようとしない本性だった。

いつしか修の一物は、スラックスの股間部を痛いほどに突っぱらせた。

聡史の指が出し入れされるピンクの肉穴からは、ヨーグルトのような白濁汁が、粘りながら漏出する。

(こ、こいつはたまらん！)

一度だって感じたことのなかったような昂《たかぶ》りが、修の身体を紅蓮《ぐれん》の劫火《ごうか》で焼きこがした。

寝取られ男が味わう悲哀が、よもやこれほどまでの興奮をともなう耽美《たんび》なものだったとは。

(ああ、梨花……梨花！)

音をたてないよう気をつけて、スマホをそっと床に置く。

股間からペニスを取り出した。ようやくラクになったとばかりに、野性味あふれる男根が天を向いて反りかえる。

勃起して大きくなると、十五センチにも届く長さになる、まがうかたなき巨根であった。そのうえ胴まわりもゴツゴツと野太く、たった今掘り出したばかりのサツマイモかなにかを彷彿《ほうふつ》とさせる。

（うおお……）

そんなペニスを握りしめ、たまらずしこしこと修はしごいた。

甘酸っぱさいっぱいの快感がジンジンと怒張をうずかせる。棹《さお》をしごくだけでは、とうてい飽きたらなかった。修は指の輪を広げ、シュッシュと亀頭をねちっこく、何度も何度も擦りたてる。

（ああ……き、き……気持ちいい！）

「ヒイィン。イッちゃう。聡ちゃん、私イッちゃうよおおう」

尻の穴と秘貝を執拗《しつよう》に責められ、梨花も一気に高まった。みじめなガニ股姿のまま、最初のアクメが近づいてきたことを涙声で訴える。

「ねえ、もっとひどいこと言って。あああああ」

「ね、義姉さん……」

「私みたいないい女に、ふつうは言えないこともっと言って。ねえ、言ってよう。言ってよう」

「ケ、ケツの穴大好き女」

「うあああぁ」

梨花に激しく求められ、聡史はさらなる卑語責めをくり出した。

梨花はことのほか言葉の責めに弱いようだ。ベッドに美貌を食いこませ、

「あああ、ああああぁ」

と、我を忘れた声をあげる。

「しょ、小学生のとき、授業中にションベン漏らして泣いたくせに」

(なんだって)

「ああ、それ言わないで。いやだ、感じちゃう。聡ちゃん、感じちゃうンン」

「お漏らし女」

「ああああぁ」

ふたりの行為は一気にエスカレートした。聡史はアヌス舐めと淫肉への指ピストンを加速させ、梨花を絶頂に突きあげようとする。

(はぁはぁ、はぁはぁはぁ)

それに合わせ、修は猛然とペニスをしごいた。

亀頭がキュンと甘酸っぱくうずき、透明ボンドさながらの濃厚カウパーがし

ぼり出されて尿口で玉になる。

「ハァアン。聡ちゃあああん」

「ションベン女」

「やめてええ。気持ちいい。気持ちいいンン」

部屋の中いっぱいに、梨花の媚肉からあふれ出す、生々しい牝臭が充ち満ちてくる。男をその気にさせるいやらしい匂いに、修はすぐにもこの場から部屋へと飛び出して、梨花を犯しにかかりたくなる。

(ち、ちきしょおおおう！)

「義姉さんなんか、ぜんぜんきれいじゃない」

「イク。イクイクイク……」

(梨花……梨花ああああっ！)

「ただのションベン女で、ほんとはドMで」

「聡ちゃああああん」

「マ×コに指を入れられながら、ケツの穴を舐められるのが好きな変態だ」

「うああ。もうだめえええええ。イクイクイク。あああああ」

（あっ……）

……ビクン、ビクン。

ついに梨花はアクメに達し、派手に裸身を痙攣《けいれん》させた。

そんな妻のガチンコな絶頂も、これまたはじめて修は見る。

「おう。おう。おおおう」

身体に電極でも押し当てられたかのような激しい痙攣。

いい女にもあるまじき、我を忘れた間抜けなうめき声。

修は信じられなかった。自分と梨花の結婚生活は、いったいなんだったのだと暗澹たる気持ちになる。

聡史がちゅぽんと指を抜くと、とろみを帯びた愛蜜が堰《せき》を切ったようにあふれ出した。

5

「はぁはぁ……さ、聡ちゃん、アアァン……」

「まだまだだよ、義姉さん。はぁはぁ……義姉さんだって、こんなことでは終われないでしょ」

「アァアン……」

絶頂に突きぬけ、ふしだらな痙攣に恍惚《こうこつ》とする義理の姉を、しかし聡史は許さなかった。

身体を小刻みにふるわせる梨花を、またも獣の格好にさせる。

「聡ちゃん……」

「言いなよ。ち×ぽくださいって」

全裸になりながら、聡史は言った。

いつしか彼の男根も、身も蓋《ふた》もなく反りかえっている。いくぶん修には負けるものの、これまた見事な巨根だった。

「聡ちゃん、あああ」

聡史は手に取ったペニスの先っぽで、ぬめるワレメをいやらしくあやした。

それだけで梨花は歓喜の声をあげ、両手を突っぱらせて天を仰ぐ。

「ほら、言いなって、義姉さん。ち×ぽくださいは」

「ハァアン、聡ちゃあああん」

「義姉さん……」

「ち、ち×ぽ、ち×ぽください」

(梨花……)

「ションベン女に……小学校のとき、教室でお漏らししちゃったションベン女に、ち×ぽください。ち×ぽくださいイィイイン」

「ち×ぽって……もしかして、これ？」

——ヌプッ！

「うあああああ」

——ヌプッ。ヌプヌプヌプッ！

「ンッハアァ。聡ちゃん、聡ちゃあああん」

「こ、この……この変態女」

「ひゃあああ」

バシンとまたしても、赤らんだヒップに一発くれた。

聡史はそれが号砲とばかりに、梨花のくびれた腰をつかむと、カクカクと腰をふりはじめる。

……ぐぢゅる。ぬぢゅる。

「ンヒイィ。ハァァン。ああン、気持ちいい。聡ちゃんのち×ぽ、イイイン」

（うおお、梨花！）

義弟のペニスで腹の底をえぐられ、恍惚の嬌声《きょうせい》をあげる。

そんな妻に、燃えるような嫉妬をおぼえた。

修はまたしても怒張をにぎり、まるめた指の輪で亀頭の縁をシュッシュと猛烈に擦過する。

（あああ……）

甘酸っぱさいっぱいの電撃が、火花のようにひらめいた。

新たなカウパーがドロドロと尿口からあふれる。指に擦られた先走り汁が、亀頭にまんべんなく塗りたくられる。

修はそれを潤滑油に、さらに肉棒をしごいた。せつないうずきがいやでも増し、あらがいがたい吐精衝動がこみあげてくる。

（うおお、梨花、梨花あああっ）

「アァン。聡ちゃん、豚って言って」

「義姉さん……」

ガツガツとバックから犯されながら、梨花はさらなる求めをした。

(ぶ、豚だと)

「豚ってののしって。うんとさげすんで。お願い、言って。ねえ、言って」

「義姉さん……」

「言ってええええっ」

「くうぅ……こ、この……不細工な牝豚！」

——パッシイイン！

「あああ。気持ちいいよう。マ×コいいよう。マ×コいいよう。ねえ、もっと言って。もっとばかにしてエェ」

牝豚と罵倒《ばとう》されながら尻をたたかれ、梨花はさらに欲情した。クライマックスのときは近いことが、いやでもわかる興奮ぶりである。

(た、たまらん……こいつはたまらん！)

燃えあがるような劣情に、修は身も心も焼きこがされた。

フンフンと荒くなる鼻息は、梨花にも聞こえてしまうのではないかと思うほどだったが、もはや自分を抑えられない。

人生初体験と思えるような、苛烈《かれつ》な昂りにかられていた。恥も外聞もなくオナニーをし、ふたりと一緒に高まっていく。

（うおお、うおおおお……）

「ねえ、聡ちゃあああん、イッちゃうよう。イッちゃうよう。もっともっとばかにしてえええぇっ」

「ぬうぅ……豚、マゾ豚、ブ、ブヒブヒ啼《な》いてみせろよ！」

——ビッシィイイ！

「ヒイイイ。ああ、そんなああ」

「啼いてみせろって言っているんだ、このケツ穴好きの豚オンナ！」

——バッシイイイン！

「あああああ。ゴ、ゴウゴウッ！」

（えっ。ええっ）

修は耳を疑った。こともあろうに誇り高き妻が、鼻を鳴らして豚になり、喜悦の涙を流している。

「おおおう。気持ちいい。ゴウゴウッ！　ブゴブゴッ、ブゴゴッ！」

「く、くそっ。もう、イク！」

――パンパン！　パンパンパンパン！

「おおおう、おおおおおう」

とうとう聡史にも我慢の限界が来たようだ。梨花をいたぶる余裕もなく、怒《ど》濤《とう》の勢いで腰をふり、性器の擦り合いを激しくする。

「ヒイィン。おおおおお」

グチョグチョといういやらしい汁音が、さらに生々しく高まった。聡史の股間が梨花のヒップをたたく、激しい爆《は》ぜ音もエスカレートする。

（ああ、梨花！）

遠くから耳鳴りが高まってきた。それにつづいて潮騒《しおさい》のような、不穏なノイズもせりあがる。

マグマを思わせる爆発感が、修の身体を震撼《しんかん》させた。怒張がジンジンと拍動し、尿道が赤く加熱して、吐精へのカウントダウンを開始する。

（うおお、うおおおおおっ）

「ハアアン。聡ちゃん、もうダメ。イッちゃう。イッちゃうイッちゃうンン」

「おお、義姉さん、イク……」

「うおおう、おおおおおっ！」

（ああ、梨花、梨花あああああっ！）

——どぴゅ、どぴゅっ！　びゅるるる！

脳天から恍惚のいかずちにたたき割られた。修はあわてて下着を戻し、それでペニスをギュッと包む。

（あああ……）

撃ち出された精子が、下着の布を勢いよくたたいた。湿った音が断続的に下着の中から聞こえてくる。

（き、気持ちいい……）

修はうっとりとしながら、精子を吐き出す快感におぼれた。

踏んばった両脚がガクガクとふるえる。今にも腰くだけになりそうになり、あわてて脚を踏んばった。

「アハァァ……さ、聡ちゃん……あぁン……」

「ね、義姉さん、おおお……」

見れば聡史は容赦なく、根元までズッポリと淫肉にペニスを埋めていた。

最後まで、いつものとおりにやれと言ったのはたしかに修だ。

だが、それでも妻の生殖器にペニスを埋められ、中出しされる眺めを見るのはたまらなくつらい。

(つ、つらい……?)

自分の気持ちに、修はいささかとまどった。

つらい。うむ、たしかにつらい。

だがこの――つらさとともにある「奇妙な感覚」は、いったいなんだ。

そんなことを思いながら、修はなおも吐精をつづけた。

ドアの隙間《すきま》から梨花を見る。

「ハアァァン……」

梨花は裸身を痙攣させ、この世の天国でうっとりとしていた。

第二章　愛くるしい若妻

1

「ヒイィッ」

女は息を呑み、両手で口を押さえた。

そんな仕草が愛らしく、修はつい、ゆがんだ父性本能を刺激される。

いつも思うことだったが、梨花と血のつながる、じつの姉妹とは思えない。

立川由岐、二十四歳。修にとっては義理の妹に当たるかわいい女と、ふたりきりで向かい合っていた。

「ね、嘘じゃなかったろう。もう一度、聞くかい」

修はそう言って、テーブルに置いた自分のスマホを操作した。

由岐は両目を剝き、なおも細い指で自分を口をおおったままだ。信じられないものでも見るように、修の手もとのスマホを見る。

するとーー。

ーーねえ、聡ちゃあああん、イッちゃうよう。イッちゃうよう。もっともっとばかにしてえええぇっ。

スマホの筐体《きょうたい》をふるわせて、乱れに乱れた梨花の声が大音量で再生される。

「え、ええっ……ちょ……ちょっと、義兄さん、待って」

ーーぬうぅ……豚、マゾ豚、ブ、ブヒブヒ啼いてみせろよ！

「待ってください。ねえ、待って！」

梨花の声につづいて再生されたのは、由岐の夫の人が変わったかのような、ドSで雄々《おお》しい叫び声だ。

しかもそればかりではなく、今度は聡史が梨花の尻をたたく艶めかしい音まで聞こえてくる。

ーーヒイィイ。ああ、そんなあぁ。

「や、やめて……」

ーー啼いてみせろって言っているんだ、このケツ穴好きの豚オンナ！

「もう、やめて。いやああ！」

引きつった由岐の悲鳴を聞き、ようやく修は音声をストップさせた。

緊張感に満ちた静寂が、由岐と修の愛の巣である、マンションのリビングルームに張りつめる。

「あ……ああ……」

由岐は髪に指を埋め、こわばった顔つきで唇をふるわせた。激しいふるえは唇だけでなく、やがて全身にまで広がっていく。

見開かれた瞳がみるみるうるんだ。涙がポロリとあふれ出してくる。

(由岐ちゃん……)

自らしかけたこととはいえ、義妹が哀れになってつい胸を痛めた。

だが、胸なんて痛めている場合ではない。しっかりしろ俺と、修は自分を叱咤する。

これから彼は義理の妹と、してはならないいやらしいことまでしてしまおうとくわだてているのである。

——知ってたかい。きみの姉さんと聡史くん、浮気をしてたんだよ。

大事な話があると言って、修はここまで訪ねてきた。

もちろん、聡史とは打ち合わせずみ。

平日の午後でもあり、彼が家にはいないことは、本人から言質《げんち》をとっていた。

不審そうにしながらも、由岐は修を家へと招き入れた。

そして、それから間もなく。

思いもしなかった真実を、いきなり修に突きつけられたのであった。

動転し、信じようとしない由岐に、証拠とばかりに極悪な義兄は、こっそり録《と》っていたあの日の音声を、一度ならず二度までも聞かせてみせた。

「ご、ごめんなさい。ひぐっ……」

ショックのあまり、由岐は嗚咽《おえつ》を禁じえなかった。拭《ぬぐ》っても拭っても、くりっと大きな瞳から、涙のしずくがあふれ出してくる。

由岐はソファから立ちあがった。

スカートをひるがえし、ダイニングキッチンへと駆けこんでいく。

なにか用事を思い出したわけではない。

熱いコーヒーは、リビングのローテーブルにとっくに出されていた。簡単な茶菓子もトレーに入れ、品よく並べられている。

「う……ぅぅ……」

（ちょっと刺激が強すぎたかな）

予想はしていたものの、やはり目の前で慟哭《どうこく》されると、罪の意識がこみあげてくる。由岐は修に背を向けて、流し台の前に立ちつくし、うなだれて肩をふるわせた。

（この分だと……今日、由岐ちゃんとエッチにまでなだれこむのは無理か）

修は頭をかきながら、義妹をなぐさめようとソファから立った。どうやって慰撫《いぶ》したら効果的かと思案しつつ、由岐に近づいていく。

なんの罪もない彼女にこんな思いをさせるのは本望ではなかった。

だがもはや、修は自分をコントロールできない。

それほどまでに、あの日の体験は鮮烈だった。

もう二度と、今まで生きていた世界には戻れないと気づいたのは、梨花と聡史の行為を出歯亀した日から、一週間ほど経ったころだ。

修は妻に隠れ、こっそりと録音した音声をオカズにして何度も何度も自慰をした。

スマホの小さな筐体から聞こえてくる妻の声は、甘美な猛毒のように蠱惑《こわく》的だった。修は思春期の射精ざかりの少年のように、あきれるほどにオナニーをしては、大量の精液をティッシュの中にぶちまけた。

みじめだった。つらかった。だがそれなのに、衝《つ》きあげられるほどの興奮もおぼえた。

彼は何度も梨花を求めた。

しかし梨花の態度は、それまでとなにひとつ変わらなかった。

聡史の前ではあんなにも、別人のような本性を大胆にさらしては、マゾ牝の自分を解放しているというのに。

修はすべてを暴露して「ぜんぶ知っているんだぞ!」と妻をギャフンと言わせたい気持ちになった。

だがいつも、すんでのところでどす黒い激情をなんとかなだめ「そんなことをしたところで、梨花との関係が修復できるわけではない」と思い直したのであった。

しかしそうなると、やはりみじめさばかりがあとに残る。

どうして俺だけがこんな思いをしなくてはならないんだ——猿さながらの自慰をくり返しながらも、やがてそんなふうに憤慨するようになった修は、自分でも驚くばかりの行動に出た。

——聡史くん、今度は俺に、由岐ちゃんとやらせてくれよ。

開きなおってそう要求する義兄に仰天したのは、聡史である。由岐に罪はありませんと、修に平身低頭して翻意をせまった。

だがそんなことぐらいで、修の気持ちが変わるはずもない。

最初こそ、満たされない悶々《もんもん》感にかられ、ひょうたんから駒《こま》のように出てきた奸計《かんけい》ではあった。

だが、今度は聡史に自分と同じ思いをさせてやるのだと思うと、たぎるような激情はいつしかいかんともしがたくなった。

思いがけない修の要求に、聡史はとまどった。

だが、自分も彼の妻と不貞行為を働いてしまっている以上、強くは義兄を拒めない。

こうして修は、ようやく聡史に縦に首をふらせた。

そしていよいよ本懐を遂げるため、なにも知らない由岐のもとへと、鼻息を荒げてやってきたのである。

人生が思いきりねじれることになった運命のあの日から、二週間が経っていた。

2

「ゆ、由岐ちゃん……」

こちらに背を向け、小さな肩をふるわせる由岐に背後から声をかけた。

キュートなウエーブを描く栗色の髪が、肩のあたりでふわふわと毛先を躍らせている。

襟ぐりをリボンのボウタイが可憐《かれん》にいろどるオフホワイトのニットを着ていた。花柄のプリーツスカートとの組み合わせは、いつものことながらセンスのよさを感じさせる。

梨花たち三姉妹は、みながみな上品なセンスに恵まれていた。

顔だちも個性も、てんでバラバラ。

三者三様のキャラクターではあるが、育ちのよさだけは共通で、ちょっとした私服も感心したくなるほどファッショナブルに着こなした。

(ああ、由岐ちゃん)

だが修のハートを鷲づかみにしたのは、オシャレなセンスなどではない。

義妹のスカートをこんもりと盛りあげる、肉感的な臀丘の息づまるほどのボリュームだ。

スカートの生地を押しあげて、大迫力のお尻が存在感を主張していた。淫靡なまるみが仲よくふたつ、はちきれんばかりにふくらんでいる。

スカートの裾《すそ》からのぞく二本のふくらはぎも、細身の梨花に比べるともっちり感がきわだった。

末の妹である由岐は、肉体的なタイプとしては長女の愛結子とよく似ている。どちらもムチムチと色っぽく、脂身たっぷりの色香を感じさせた。

もっとも、三十六歳になる愛結子が完熟へと向かうむっちり感なら、まだ二十代前半の由岐のほうは、ピチピチとしたみずみずしさあふれるお色気だ。

そんな、男をそそる魅惑の身体をふるわせて、嗚咽にむせぶかわいい義妹に、修はゆがんだ渇望を禁じえない。

「ゆ、由岐――」

「すみません」

今日はセックスまでは無理かもなどと、しおらしくあきらめかけた彼はどこやへら。気づけば修は背後から、由岐を抱きすくめかけていた。

だが、由岐の動きのほうが早かった。

鼻をすすり、気分を切りかえようとでもするかのようにかぶりをふると、足早に大型冷蔵庫へと歩みよる。

泣きながらドアを開け、庫内へと指を伸ばした。

(えっ)

彼女が取り出したものを見て、修は目を見開く。白く細い指がつかんでいたのは、三百五十ミリリットルサイズの缶ビールだった。

「あ、あの……」

「ごめんなさい、お義兄さん」

声をかけると、そんな修に謝罪して、由岐は缶のプルトップを開けた。

――プシュッ。

耳に心地いい音とともに缶が空き、泡だつ液体が穴からあふれ出してくる。

「ぐびっ……」

「由岐ちゃん……」

「ぐびぐびぐび」

由岐はギュッと両目を閉じていた。まるで苦い薬でも、無理やり飲んでいるようだ。

「はあ……」

ひと息に、半分ぐらいは嚥下《えんか》したのではあるまいか。そこでいったん飲むのをやめ、大きなため息をついたものの――。

「ぐびぐびぐび」

「ゆ、由岐ちゃん……」

由岐はまたしてもビールをあおった。みるみる缶は大きくかたむき、義妹は呆気《あっけ》なく、中身を空にしてしまう。

「ぷはあ……」

二度目のため息は、一度目よりも明らかに乱れていた。

修は目を剝く。

見れば由岐の目は早くもとろんとし、一気に酔いがまわってきていた。

そうだ。そうだった。

酒になど、決して強くはなかったはずだ。

三姉妹とそのつれあいが実家につどった宴席でのあれこれを思い出し、ようやく修はそのことを確信する。

軽くビールを飲んだだけで、かわいい義妹はあのときも呆気なく酔って実母や愛結子にかわいく甘えた。

梨花だけは、酔っぱらう妹に向こうに行ってとつれなかった。

「由岐ちゃん……」

「ごめんなさい、義兄さん。いきなりこんなことしたら、驚きますよね」

愛くるしい挙措で朱唇を拭い、恥ずかしそうに由岐は言った。しかしその口調も、早くもどこかしどけない。

「弱虫なんです。受け止めきれないことがあると、いつもこっそりと、こんなことを……お願いです、あの人には内緒に……あ、あの、人……」

どうやらあらためて、聡史を思い出したようだ。

キッチンに置かれたテーブルの椅子に、由岐は力なく腰を下ろす。どうしたものかと思いつつ、修は腰に手を当てて、そんな義妹をじっと見た。

「あーん」

すると由岐は、身も蓋もなく泣き出した。両手で顔をおおい、子供のように号泣する。

「どうしよう。どうしよう。どうしていいか、わからないよう」

身体を揺さぶり、バタバタと交互に両脚を暴れさせた。

そんな激しい動きのせいで、胸もとを押しあげるたわわなおっぱいがたっぷたっぷとよく揺れる。

（うおおお……）

泣きむせぶ義妹に胸を締めつけられながらも、修はその胸もとから目を離せない。彼のほの暗い見たてでは、Ｇカップ、九十センチぐらいは余裕であるはずの、まがうかたなき見事なおっぱいだ。

美貌ぞろいの三姉妹は、そろいもそろって巨乳でもあった。

いちばん豊満なのは、おそらく長女の愛結子であろう。

だがその次と思えるのは、次女の梨花ではなく、おとなしく愛くるしい末の妹だった。

（くぅ……）

無防備に揺れるたわわな乳に、修はたまらず唾を飲む。スラックスの内側で、早くもペニスがムクムクと不穏な膨張をはじめてしまう。

（この子はどう変わるって言うんだ）

美貌をおおって泣きじゃくる哀れな妹に、邪悪な義兄はまったく別のことを思った。

前に聡史から聞いたひと言が、不意に脳裏によみがえってきたのだ。

――ベッドで人が変わったように乱れるのは、さすが姉妹だなって思うぐらいそっくりですけど……。

（ベッドで、人が変わったように乱れる）

あのとき聡史は梨花のことを語るために、この言葉を口にしたはずだ。

まさか義兄がこんなふうに、自分の妻への淫靡な興味へと結びつけてしまうとは、思わなかったに違いない。

（み、見たい。由岐ちゃんがどう変わるのか）

「義兄さん、義兄さんだって苦しいですよね。ごめんなさい。でも、どうすればいいんだろう。私……これからいったい、あの人とどうやって……」

「由岐ちゃん……」

（おお、たまらん……たまらん！）

涙に濡れた目で見あげられ、ペニスがキュンと甘酸っぱくうずく。こともあろうに非道な修は、もっこりと股間をふくらませた。

「義兄さん、ああ……私、もうどうすればいいか。えっ……」

そんな修の股間の変化に、とうとう由岐も気がついた。

なにげなく向けた視線の先。

感じる違和感にとまどうように、一度は離れかけた義妹の視線が、再びそこへと戻ってくる。

「――ヒイッ」

「ゆ、由岐ちゃん！」

結局は、それが端緒となった。

こんな股間を見られたら、もはやいいわけなどできはしない。

3

「きゃあああ。に、義兄さん」

フリーズする由岐に躍りかかった。

椅子の上で硬くなる由岐にむしゃぶりつき、その唇を強引に奪う。

「んむぅ。ちょ……にい、さん――」

「由岐ちゃん、ああ、由岐ちゃん、んっんっ……」

……ピチャピチャ。ちゅう、ちゅぱ。

「むはぁぁ……ちょ、ちょっと……なに、するんですか。アン、いや……」

思いがけない義兄の求めに、由岐は目を白黒させた。

そんな若妻のぽってりとした唇を強奪し、狂おしく口を吸い、荒ぶる鼻息をフンフンと義妹の美貌に吹きかける。

「はうっ、や、やめて、義兄さん……アン、いやン。んっ……」

（おお、やわらかい！）

無理やり奪う唇は、まさに禁断の感触だった。甘ったるいアルコールの香りも濃厚にする。

肉厚な唇が弾力的にひしゃげ、修の口と勢いを受け止めた。

彼の力が強すぎるせいで、唇が苦もなく艶めかしくめくれる。きれいに並んだ白い歯が露出し、可憐な美貌が生々しくくずれる。

「あぁン、義兄さん、いや。だめです。こんなこと……」

とまどう気持ちはいかんともしがたかったようだ。由岐は修から顔をそむけ、両手で彼を押しのけようとした。

「由岐ちゃん、どうすればいいんだって、俺に聞いたよね」

そんな由岐ともみ合いながら、修は訴えるように言う。

「えっ……ええっ？」

「こっちも同じことをすればいいんだ」

断言するように、由岐の美貌をじっと見て告げた。

「義兄さん」

「同じことをしてやるんだ。どうして俺と由岐ちゃんだけが、こんな苦しい思いをしなきゃならない」

「きゃあああ」

動転する義妹の腋《わき》に手を差し入れ、無理やり椅子から立ちあがらせた。暴れる由岐に有無を言わせず、広々としたテーブルの上へと彼女を乗せる。

「やめてください。やめて」

とろんと酔った顔つきではあったが、それでも由岐は必死に抵抗した。

「きゃあああ。だめ。だめだめだめえ」

修がスカートをたくしあげ、パンティへと手を伸ばすと、その悲鳴はますますひきつりを増した。

はいていたのは純白の、じつにういういしい可憐な下着だ。

「いや。やめてよう。脱がさないで」

シルクらしい、高級素材のパンティだった。

白く小さなそれに指をかけ、容赦なく下ろそうとすると、由岐はあわてて修の手をつかみ、そうはさせじと力を入れる。

「同じことをしよう、由岐ちゃん」

「いやあああ」

だが、か弱い女――しかも、アルコールの入った女の抵抗などもののの数ではなかった。

修はからみつく小さな手を払いのけ、問答無用の強引さで、純白のパンティを股間からずり下ろす。

「きゃああ。やめて、義兄さん。だめえええ」

パンツ返してとばかりに、由岐は上体を起こした。脱がされるパンティに手を伸ばす。

しかし、衝きあげられるような牡《おす》の激情がはるかにまさった。まるまったパンティをスルスルと、もっちり美脚から下降させる。

太腿《ふともも》から膝、膝《ひざ》からふくらはぎ。ふくらはぎから足首、爪先へと、荒々しい仕草で移動させ、由岐の脚から完全に脱がせる。

「おおお、由岐ちゃん」

「きゃあああ」

二本の足首をつかみ、若妻の身体をふたつ折りにした。

赤ん坊におしめを替えさせる格好にするや、修はすぐさまむちむち美脚をガバッと大胆に左右に開く。

「うおおおおっ！」

「いやあああ。やめてよう。やめてよう。ああああ」

ついに由岐の恥ずかしい局部が、修の視線にさらされた。はじめて目にする義妹の淫肉に、修は息づまる気持ちになる。

由岐は暴れた。

いやがって身をよじり、恥ずかしいそこを見られまいとする。

しかしそんなふうにあらがわれればあらがわれるほど、ジューシーな内腿へと食いこませた修の指はますます嗜虐性《しぎゃくせい》を増した。

ギリギリと白い腿へと食いこませ、なにがあろうと拘束しようと、サディスティックに力を加える。

（ああ、エロい！）

由岐の媚肉に視線をくぎづけにし、修はたまらず唾を飲みこむ。

長女が上品かつ清楚、次女が鋭いトゲとともにある美しさなら、末娘である由岐は、少女の面影を残した愛くるしさが魅力だった。

そんなこの若妻ならではの持ち味は、あどけない美貌や父性本能を刺激されるおとなしい性格だけに宿っていたわけではないようだ。

どうだ。見るがいい、この陰唇を。

まさに思春期の乙女の持ちものを思わせるういういしさ。へたをしたら女子高生どころか、中学生ぐらいの陰部にも見える。

ジューシーで、ふっくらとしたヴィーナスの丘が、やわらかそうに盛りあがっていた。

色白の秘丘をいろどる陰毛は、いかにもはかなげな淡さである。猫毛を思わせる茂みの下に、くっきりと縦ひとすじの亀裂があった。

ビラビラなどこれっぽっちもはみ出していない、子供のような女陰。

まるみを帯びた大陰唇の縁同士が、こんもり、ぴったりとくっつき合っている。だがそこからは、わずかになんとも艶めかしい甘酸っぱい媚香もただよっていた。

「おお、由岐ちゃん」

「きゃあああ」

真綿で首をしめられるような、とはまさにこのこと。

心臓の鼓動もバクバクと激しさを増した。

修はふるいつくように、由岐の股間にむしゃぶりついた。あまりに興奮してしまい、左右に顔を動かして、まるで頬《ほお》ずりさながらに鼻と頬をういういしいワレメに擦りつける。

「ヒイィイ。やめてえええ」

「由岐ちゃん、ああ、由岐ちゃん」

「あああああ」

……ピチャピチャ。ねろん。れろれろ。

由岐の悲鳴がいちだんと跳ねあがったのは、とうとう修がおのが舌で秘裂を舐めはじめたからである。

背すじをたわませ、細いあごを天に突きあげ、とり乱した声をあげる。

「やめてください。やめてよう、義兄さん」

「由岐ちゃん、んっんっ……」

……ちゅうちゅぱ。ピチャ。

「いやああ。あっあっ……だめ。舐めないで。そんなとこ舐めないでえぇっ。あっあっあっ……」

いやがって身をよじる由岐を、しかし修は許さなかった。

暴れれば暴れるほど、脂の乗った内腿へと指を食いこませ、大胆なM字開脚――いや、ガニ股姿を強要する。

「はぁはぁ……由岐ちゃん」

「あっあっあっ」

そうしながら、舌を激しく踊らせた。

つつましく閉じた肉の合わせ目をほじほじとほじり、無理やり左右に開かせては、紅鮭《べにざけ》色をした粘膜と膣口、ときには真上のクリ豆にも、不意打ちのように舌の責めをお見舞いする。

「ヒイン。ああ、そんな……あっあっあっ」

「由岐ちゃん、由岐ちゃん……」

……ピチャピチャ。ねろん、ちゅうちゅぱ。ピチャピチャ。

「あっあっあっ……あっあっあっあっあっ……ハァァァン……」

(おお、声の感じが変わってきた)

しつこく強制的なクンニリングスに、由岐の反応が変わってくる。

恥裂を舐めながら義妹を見れば、両手で口をおおっていた。漏れ出る自分のはしたない声に、狼狽しているのは明らかだ。

「はぁはぁ……感じてきたかい、由岐ちゃん」

音をたてて恥ずかしい部分を舐めながら、ねちっこい声で修は聞いた。

由岐は「ヒイッ」と息を呑み、かぶりをふって言いつのる。

「か、感じてない。私、感じてなんか――」

「嘘つかなくたっていいじゃないか」

……ねろん。

「あああああ」

(いい声だ)

「ハァアン、義兄さん」

「一緒に気持ちよくなろう、由岐ちゃん。やられたらやり返す、だよ」

……れろん、れろん、れろん。

「うああ、あああああ」

(おおお……)

修はさらに執拗に、あどけなさの残るワレメを舐めた。

サーモンピンクの粘膜を上へ下へと舐めて唾液まみれにする。粘膜の下方に裂けた膣穴に舌を押し当てて、何度もグリグリとえぐってみせる。

「ああ、そんな……いやン、いやン。ハアアァァ」

そうした修の舌責めに、由岐の反応はさらに変わった。

いやがって逃げていたはずのヒップのふりかたも、困っているのか、そうではないのか、判然としないくねらせかたへと艶めかしく変化する。

しかも——。

（出てきた。エロい汁……）

とうとう由岐の秘割れからは、ドロリとした蜜が分泌されはじめた。

唾液まみれの膣穴が、ヒクヒクと何度もひくついては、泡だつ汁をしぼり出し、ワレメの縁へと押し出してくる。

「由岐ちゃん、いやだって言っても、スケベな汁がいっぱい出てきたよ」

修はわざと、そのことを指摘した。

すると案の定、由岐はあわてて否定する。

「ヒイィッ。う、嘘です。違うもん。私、そんなの出してなんか——」

「じゃあ、これはなに。んっ……」

否定する由岐をあざ笑うように、修は唇をすぼめた。

「ヒイィ」

そのまま再び首を伸ばし、ヌメヌメとした魅惑の泉にクチュッと唇を突きたてるや——。

……んぢゅるぢゅる。

「あああああ」

……ぢゅるぢゅる。ぢゅるる。

「ヒイイィ。す、すすらないで。そんな音たてて、すすらないでえぇぇ」

わざと品のない音をたて、ぬめる泉から愛液をすすりあげる。とろみを帯びた卑猥な汁は、メカブのそれを思わせた。

「ヒイィン。あああ、だめだめだめ。あああああ」

すすればすするほど、由岐のとり乱しかたはいっそう激しくなる。

肢体を激しくのたうたせ、ともすれば重いテーブルの脚が、ズズッ、ズズッと移動すらしてしまいそうなほどである。

「ああ、いや。いやだ、困る。あっあっあっ。あっあっあああああ」

「おお、由岐ちゃん、んっんっ……」

……ぢゅるぢゅるぢゅる。

「うああ、あああああ。き、気持ちいい。気持ちよくなっちゃった。ああ、どうしよう。あああ、うあああああ」

「あっ……」

……ビクン、ビクン。

「おお、由岐ちゃん」

「い、いやあ……見ないで、こんな、私……あああ……」

とうとう由岐は、意にそわぬアクメに突きぬけた。テーブルの上でバウンドし、右へ左へと身をよじる。

修はやっと、彼女の脚を解放した。スカートは腹の上までたくしあげたままである。

由岐はぐったりと両脚を投げ出した。そんな体勢で痙攣をつづけ、身をよじるため、一気にテーブルからずり落ちそうになる。

「おっと……」

「ハアァアン……」

修は由岐を受け止め、床へと落ちないようにする。

体熱が一気にあがっていた。身体がポッポと不穏に火照《ほて》り、早くもわずかに汗ばんでいる。

着ている服をそそくさと脱がせた。由岐はあれよあれよという間に、純白のブラジャー一枚だけになる。

4

「アアン、義兄さん……」

「はぁはぁ……由岐ちゃん、もう恥ずかしがることないよ。俺たち、こういうことをする権利があると思うんだ」

とろんとした目つきで見つめる由岐に、服を脱ぎながら修は言った。

義妹はそんな修に、もはやとまどいもしなければ嫌悪の表情も見せない。乱れた息をととのえながら、目の前で裸になる義兄の姿をぼんやりと見る。

「あああ……」

変化があったのは、修がボクサーパンツを脱ぎ捨てたときだ。

ブルンと雄々しくしなりながら、自慢の巨根が天を向いて反りかえる。

ししおどしのように上へ下へとたくましくふるえた。やる気満々で天を衝くペニスに、由岐は大きく目を剝いて、美貌に生気をみなぎらせる。

「ほら、おいで」

そんな由岐のふしだらなサインを、修は見逃さなかった。由岐が座っていた椅子にかける。義妹の手を取り、対面座位でつながろうとする。

「はぁはぁ……修義兄さん……」

「誰にも内緒。いいだろ、それなら」

「ああン……」

とまどってみせるそぶりは演技かもしれなかった。

チラチラと、ペニスを盗み見る瞳には、みるみる妖《あや》しい欲望が、隠しようもなくにじみ出す。

修はそんな由岐を、自分の股間にまたがらせた。やめてといやがる若妻の態度は、もはやどこまでもおざなりだ。

「さあ、ここにおいで、由岐ちゃん。ここだよ、ここ……」

修は勃起を手に取って、天へとまっすぐに突きたてた。

変な角度に向けられて棹の天部がヒリヒリと突っぱる。亀頭が思いきりふくらんだ。いやしい欲望をいちだんと、あきれるほどにみなぎらせている。

「はぁはぁ……義兄さん」

「ほら、腰を落として」

言葉だけでなく、腰をつかんでナビゲートした。

「ああ、私……私イィ。あああ……」

そんな修のエスコートに、もはや由岐はあらがえない。

下品なガニ股に踏んばった。

待ちかまえる亀頭を目視すると、微妙に脚と股間の位置を変え、とうとうぬめる肉割れを鈴口にクチュッと密着させる。

「ハァアン。義兄さあああん」

「ほら、もっと腰を落として」

「うああ、うあああああ」

……にゅるん。

(うおおおおっ)

「アハァ。どうしよう。どうしよう。いや、我慢できないよう。ああああああ」

下半身は別人格とはこのことだ。

髪を乱してうろたえつつも、由岐は浅ましい開脚姿で、ますます腰を落としてくる。

……ヌプッ。ヌプヌプッ。

「うお、おおお……」

「ハァァア。恥ずかしい。困るよう。あああ……」

修の肉砲は、由岐の腹の底を奥へと進んだ。

ヌルヌルした粘膜の筒は、たまらなく狭隘《きょうあい》だ。亀頭が埋没するたびに、ぬめる凸凹が邪魔をして、肉傘をあだっぽく擦過する。

「おお、由岐ちゃん、おおお……」

「ハァアン、困る。こんなことしちゃいけないのにイン。あああ……」

今にも泣きそうな声をあげながらも、由岐は膣内に、根元まで男根を呑みこんだ。

細めた瞳が潤んでいるのは、よそいきの涙のせいばかりではあるまい。

訴えるように、誘うように、義妹は朱唇をふるわせて、言葉にできないはしたない思いを目の前の修にぶつけてくる。

「うおお、由岐ちゃん」

「ひはっ」

……ぐぢゅる。ぬちょり。

「ヒイィン。ああ、義兄さん、どうしよう。あああ、うあああ」

修は由岐をかき抱き、窮屈な体勢で腰をふりはじめた。

カリ首が膣洞を行ったり来たりして、傘の縁を膣ヒダに、しつこく何度も擦りつける。

「ハアァン。あっあっあっ、あっあっあっあっあっ」

「……由岐ちゃ――」

(ああ、気持ちいい！)

「あああああ、あああああ」

「おお、由岐ちゃん……」

性器の擦り合いをはじめるや、ついに由岐は本性をあらわした。

これはまた、なんとド派手なよがり声か。

日ごろの態度がおとなしく、万事ひかえめなタイプだけに、我を忘れて歓喜にむせぶガチンコな乱れっぷりが官能的だ。

「あああああああ、ああああああああ」

「くぅぅ、由岐ちゃん……」

「どうしよう。どうしよう。これって裏切りだよね。私、今聡史さんを裏切ってる。あああああ。義兄さんのち×ちんが、ち×ちんがあああああ」

「おおお……」

気づけば由岐は修を抱き返し、自らもいやらしく腰をしゃくった。

前へうしろへとせわしない動きで腰をふり、浅ましさあふれる擦りつけかたで、自らぬめるヒダヒダを、猛る亀頭と戯れ合わせる。

「あああああ。気持ちいい。気持ちいいよう。ああああああ」

（えっ）

由岐は獣のように吠《ほ》えるや、いきなり火照った可憐な美貌を修の耳に押しつけた。

酒の匂いを含んだ吐息が甘く、熱く、しどけなく、耳の奥にまで注がれる。

そのうえ――。

「マ×コ気持ちいいよう、義兄さん」

「──っ。ゆ、由岐ちゃん……」

訴えるような、おもねるようなささやき声で、由岐は淫らな歓喜を伝えた。

思いもよらないその反応に、修はゾクリと鳥肌が立つ。

「マ×コこうすると気持ちいい。こうすると気持ちいい。こうすると気持ちいい。あああ、ああああああ」

ささやく声は、どうしようもなくエスカレートした。

さらにいやらしく腰をしゃくり、スナップをきかせた前後動で、ぐぢゅる、ぐぢゅると、カリ首に自らぬめり肉を擦りつける。

「うあああ。とろけちゃう。義兄さん、どうしよう。マ×コ、いいの」

「由岐ちゃん、うおお……」

泣きそうなささやき声を、吐息とともに吹きかけられた。修は恍惚の鳥肌が止まらない。

そのうえ、義妹のヒダ肉は、浮き立つほどに気持ちがよかった。まるで無数の蛭《ひる》かなにかが棲息《せいそく》しているようである。

それらが我先にと修の男根に吸いついて、チュウチュウ、チュウチュウと競い合うように棹を、亀頭を吸引した。

(うおお……)

「あああ。だめ。もう我慢できない。義兄さん、私、もう無理だよう」

「由岐ちゃん……」

「ねえ、もっと激しくち×ぽでして」

「えっ」

……ち、ち×ぽ！

「ち×ぽでマ×コかきまわして。身体が変だよう。もう我慢できないよう」

由岐は欲求不満を露にし、駄々っ子さながらに身体を揺さぶった。

自ら背中に手をまわし、ブラジャーのホックをプチッとはずす。そのとたん、ようやくラクになったとばかりに、たわわな乳房が跳ね躍り、ブラのカップをはじき飛ばした。

――ブルルンッ！

「由岐ちゃん、ああ、すごい」

露になったおっぱいは、重たげに、かついやらしく、たゆんたゆんと肉実を躍らせた。

はちきれんばかりのまるみを見せつける、大ぶりな乳房。かわいい顔をして、なんと大迫力のおっぱいであろう。

まんまるに加工したコンニャクゼリーでも見ているかのようだった。

おもしろいほどよく揺れる豊満なふくらみに、修はさらに欲情し、はぷんと頂にむしゃぶりつく。

「ハアァン、義兄さあああん」

「はぁはぁ。こいつはたまらん！」

「あああ、うあああああ」

乳の先端をいろどるのは、意外に大きな円を描く卑猥な乳輪と、その中央に狂おしくしこる、これまた大ぶりな乳首だった。

乳輪の色は、どこか梨花ともよく似ている。しかし乳首の大きさは、確実に姉を凌駕していた。

たわわな乳も可憐な美貌とギャップがあれば、早採れのサクランボさながらの大きさを見せつける、鳶色の乳首もなんとも煽情《せんじょう》的である。

5

「ゆ、由岐ちゃん……」

……ちゅうちゅう。ちゅぱ。

「うあああ。もっと舐めて。ああ、気持ちいい。マ×コ、もっとよくなっちゃう。舐めて。舐めて舐めて舐めて。ヒイィィン」

「はぁはぁ、はぁはぁはぁ」

乳への責めを加えれば、由岐のとり乱しかたはいちだんと猥褻《わいせつ》さを増した。

自ら上体を修へとあずけ、ふにゅりとひしゃげるおっぱいを、もっともっとと言うように、修の顔に押しつけてくる。

「うお、うおお。ぷはっ……」

汗ばむ乳に顔いっぱいを圧迫され、息苦しさがつのった。

ねばる乳肉が肌にくっついてはがれるたび、パフッ、パフッ、といささか間抜けな、濡れ場ならではの音をたてる。

「由岐ちゃん、んっんっ……」

……ちゅうちゅうちゅう。

「あああ、ああああ。カ、カジカジして。乳首カジカジイィ」

「おおお。こうかい。ねえ、こう」

修は由岐に乞われるがまま、乳首にそっと歯を立てた。

「ンッヒイィ」

……カジカジ。

「あああああ」

……カジカジ。カジカジカジカジ。

「あああああ、あああああああああ」

(な、なんて声だよ、おい)

窓はしっかりと閉まっていた。

だがそれでも、隣近所にまで届いてしまうのではないかと思う、あられもないよがり吠えだった。

（んっ。な、なんだ……？）

しかも、気づけば股間のあたりに違和感がある。

生ぬるくヌルヌルした感触をおぼえたかと思うと、なんとアンモニアの匂いがたちのぼってくる。

「──っ。由岐ちゃん、まさか……おしっこしたの」

「アァン、言わないで。しっこ、出ちゃう。いつもそうなの。我慢できないの。誰にも言わないで。ああああ。もうイッちゃうよおおおう」

「おお、由岐ちゃん……由岐ちゃん」

「ハアァアァン」

あまりにエロチックな義妹に、こちらももう辛抱がきかなかった。

──痴女。

あきらかに、これはもう痴女である。

妻の梨花にもその妹にも、はしたない淫乱の血が流れていることを修は確信する。

（も、もうだめだ！）

へたをしたら、すぐにもペニスが暴発してしまいそうだった。

「ハアァン……」

衝きあげられるような激情とともに、修は由岐を抱えて立ちあがる。勢いよく体勢を変えた反動で、けたたましい音をたてて椅子が倒れた。

「あああ……」

目の前のテーブルに、由岐を仰向《あおむ》けに横たわらせた。荒々しい動きの連続のせいで、由岐の膣からちゅぽんと極太が抜ける。

「いやああ。ち×ぽ抜けちゃった。義兄さんのち×ぽ抜けちゃったよおおう」

仰臥《ぎょうが》したままバタバタと身をよじって抗議する。そんな由岐の顔つきは、もはやいつもとは完璧に別人だ。

両目がドロリと妖しくにごり、形のいい鼻の穴が、ヒクヒクとせわしなく開閉した。

ぽってりと肉厚な唇が、ふるえながら半開きになっている。口の端から涎《よだれ》がもれ、泡だちながら頬のほうへと流れていく。

「くうぅ、由岐ちゃん……大丈夫。ほら、これがほしいんだよね」

淫らに発情する義妹に、こちらもさらにいきり勃った。

暴れる両脚を開かせて、股間で態勢をととのえる。愛液と小便にまみれた牡棹がしずくを飛ばして猛々しくふるえた。

幼げに思えた陰唇は、いつの間にか開花していた。

蓮《はす》の花さながらの輪郭を見せつけつつ、サーモンピンクの粘膜を惜しげもなく露出させている。

淫肉は、粘膜の園も大陰唇の周囲も、無残なまでにドロドロだ。

ヨーグルトのように白濁した蜜が、会陰に向かって伸びていく。おもらしをした金色の小便が内股までぐっしょりと濡らしていた。

あらためて、濃厚なアンモニア臭がふわりと広がる。

「あぁん、義兄さん、早く。早くち×ぽ、ち×ぽち×ぽほほおおっ」

「わかってる。さあ、これだろう」

浅ましく、身体をふって求める義妹の牝肉に、修はまたしてもズブリと陰茎を突き刺した。

「ああああああ」

……ビクン、ビクン。

「おお、由岐ちゃん……」

子宮口まで勢いよく亀頭でえぐるや、それだけで由岐は昇天した。

（し、白目……）

感電でもしたかのように裸身をふるわせ、由岐は右へ左へとせわしなく顔をふる。

いつも可憐に微笑んでいる、おとなしい女が白目を剥いた。

恍惚のさざ波が駆け抜けてでもいるかのように「あう、あう」と不様にうめき、なおも裸身を痙攣させる。

「はう、に、義兄ざん……ああ、おがじぐ、なる……」

「い、いいさ。もっともっとおかしくおなり。さあ、ガンガン突いてやる」

修はそう宣言すると、由岐のもっちり美脚をM字に拘束した。

最初から、まさに怒濤の勢いで、うずくペニスをピストンさせる。

……ぐぢゅる。ぬぢゅる。

「うああ、あああああ」

そんな修のフルスロットルでの抽送に、由岐は半狂乱になった。

まだなおアクメの余韻から、完全に抜けきってはいない。それを証拠に白目を剝いた大きな瞳は、いまだに半分そのままだ。

「ああああ。ち×ぽズボズボ気持ちいい。気持ちいいよう。義兄さん、イッちゃう。またイッちゃああああああ」

声を限りに若妻は吠えた。あんぐりと開き、唾液を飛びちらす口の奥に、修ははっきりと口蓋垂《こうがいすい》まで見た。

上へ下へと揺さぶられ、むちむちした裸身がせわしなく揺れる。

色白の美肌は淫靡に火照り、汗の玉を噴き出させた。

たわわな乳房が円を描いて揺れまくり、突き出した乳首でハートのようなラインを描く。

「おお、由岐ちゃん、由岐ちゃん」

――パンパンパン！　パンパンパンパンパン！

「ヒイィイン。ヒイイィィ」

気持ちは修も同じだった。

早く精子をと、ねだるがごとき膣肉の蠕動《ぜんどう》に、ペニスを艶めかしくしぼりこまれる。

甘酸っぱさいっぱいの快美感が湧《わ》いた。

股のつけ根から腿へ、背中へと、悪寒によく似た鳥肌が、野分けに揺れる草のように広がっていく。

どんなに尻の穴をすぼめても、やはりこれ以上は無理のようだ。

一気に迫ってきたクライマックスにあおられた。

修は猛然と腰をしゃくる。

餅《もち》を搗《つ》く杵《きね》さながらの重々しさで、最奥で待ち受ける子宮口に亀頭の連打をお見舞いする。

「うおお、うおおうおおうおう。ああ、それいい。いい、いい、イイン！」

「由岐ちゃん、もうイクよ」

地鳴りのような音をたて、射精衝動が高まってくる。

もちろん地鳴りは空耳のはず。しかし、修はたしかに聞いた。ゴゴゴ、ゴゴゴゴッという不穏な地響きを。

（ああ、イク！）

「おおお、義兄さん、イグ。イグイグイグ。おおおおお」

「で、出る……」

「おおおおお、おおおおおおっ！」

――どぴゅっ、どぴゅどぴゅ！　びゅるる！

たぎる激情のリキッドが、すさまじい爆発感とともに怒張から撃ち出された。

ドクン、ドクンと肉棒が脈動する。

水鉄砲さながらの噴き出させかたで、あらん限りのザーメンをくり返し膣奥に飛びちらせる。

（あああ……）

天空高く突きぬけていくかのような爽快《そうかい》感は、まさに射精ならではだ。

しかも、こんなに気持ちのいい射精は、ずっとごぶさただったことにも修は気づいている。

「はうう……すごい……すごいぃンン……」

「あっ。ゆ、由岐ちゃん」

思わずうっとりと、目すら閉じていたようだ。由岐の声にハッとして、修はあわてて両目を開く。

「ハアァン……入って、くる……義兄さんの……温かい、汁……」

由岐はまた、派手に裸身をふるわせていた。その目は再び白目になり、身体と同様、唇もわなわなと小刻みにふるえている。

（おおお……）

修の男根は根元までズッポリと膣に刺さっていた。由岐の媚肉は、そんな牡茎を艶めかしくしぼり、何度も何度も波打ってくる。

「うわあ」

「ハアァン……」

修はたまらず、精液の残滓《ざんし》をどぴゅっと膣奥に粘りつけた。

由岐はおもねるような媚声をもらし、まだなおつづく恍惚の余韻に、ただただどっぷりとおぼれていた。

第三章　痴女の血

1

聡史たち夫婦を自宅に招いたのは、由岐との熱いセックスからひと月が経ったころだった。

「ほら。由岐ちゃん、飲まないの」

「えっ。私は、もうそんなに……お姉ちゃん、ぜんぜん飲んでないじゃない」

「そんなことないわ。しっかり飲んでるわよ。ウフフ……」

昼前からはじまった休日の宴は、すでに一時間ほどもつづいていた。

リビングのローテーブルには、梨花が腕によりをかけて用意した豪勢な料理と、由岐が差し入れてくれたこれまた美味なオカズたちが、ところせましと並んでいる。

「…………」

美しい姉妹と他愛もない雑談をしながら、修はちらっと聡史を見た。

「…………」

すると、由岐と並んでソファに座り、ビールを飲んでいた聡史もさりげなく視線を合わせてくる。

その反応は「そろそろかな」とシグナルを送る修に「ですね」と応えているようにも思えた。

――義兄さん、俺もうたまんないです。何度オナニーしても性欲がおさまりません。

聡史たちのマンションで由岐を犯してから一週間後。

再びなじみの居酒屋で飲みはじめるや、聡史はそう言って鞄《かばん》からスマホを取り出した。

彼が操作し、表示してみせたものを見て修は目をまるくした。

なんとそれは、修と由岐のあの日の痴態。

ふたりに気づかれないように、スマホのカメラが行ったり来たりをくり返しながら、それでも卑猥なセックスを生々しい映像でとらえている。

あの日、聡史はこっそりと帰宅をし、はじまった濡れ場をしっかりと出歯亀したのであった。

しかも、ただ盗み見るだけではおさまらず、盗撮まで決行。それをオカズに猿のように、どうやら自慰をしまくったらしい。

寝取り、寝取られる、背徳的な恍惚感。

異常なことをしているという、ほの暗いうしろめたさ。

どうやらそれらの虜になったのは、自分だけではないらしいと修は思った。

修との行為を出歯亀して以来、由岐を抱いてもそれまでのようには十分な快感や満足を得られないようになってしまったとも、聡史は言った。

それよりも、スマホに収めた盗撮映像で自慰をするほうが、はるかに興奮できるというのだ。

もう、もとの世界には戻れないよ、俺たち――修は聡史にそう言った。

義弟の言っていることは、我がことのように理解できた。

そう。もう戻れなどしないのだ。

もとの世界に戻ったところで、そこはただただ無味乾燥な砂漠のようなものである。

そこで修は、聡史と額をつき合わせ、一計を案じた。そして実現させたのが、今日のこのパーティだ。

ちなみに修はあの日の行為のあと、

——いい、由岐ちゃん、これからも、聡史くんとも梨花とも、今までのように接しないとだめだからね。

由岐には強く言いふくめてあった。

また、義妹の動揺を抑え、その動きを監視する目的もあり、あれからも何度か会ってはそのたびに義妹を獣に変えさせた。

その甲斐《かい》あって、ということだろう。

心に思うことは、きっといろいろとあるだろうものの、由岐は教えをしっかりと守り、夫にも姉にも、それまでと変わらぬ態度で接しつづけた。

まさかさらにその裏で、修と聡史がつながっているだなどとは、夢にも思わぬ従属ぶりで。

従属——そう。たしかに由岐もまた従属していた。

もしかしたら彼女もまた、知ってしまったやましい世界の妖しさに、とまどいながらもあらがえず、思考停止になっているのかもしれない。

今日もここまで見事な演技で、聡史にも梨花にも接していた。

梨花もまったく、そんな妹に気づくことなく、いつになくやさしい態度で談笑をつづけていた。

夫を寝取っている罪悪感もあるのかもしれない。

女は女優だ。

梨花と由岐を見ていると、あらためて修は思う。

だがそんな彼女たちが、すべての虚飾を脱ぎ捨ててガチンコで卑猥な本性を見せる——それを見るのがたまらなかった。

寝取り寝取られる淫靡な妙味も、もちろんそれに加わっている。

「さて、それじゃここらで余興といくか」

いい感じに、ほどよく酔いがまわっていた。

そしてそれは、ほかの三人も同様であろう。聡史とアイコンタクトをかわし合い、義弟の意志も確認できた。

修はソファから立ちあがる。リビングの隅にある大型テレビに向かった。

４Ｋテレビは五十インチ。

なかなかの大迫力で映画やドラマを楽しめる。

「えっ、なに」

きょとんとした表情で、修の動きを追いかけたのは梨花である。

「余興？」

実姉と顔を見合わせて、由岐も目をまるくする。

「そう、余興。おもしろいぞ」

口の端をつりあげ、修はニヤニヤと笑ってみせた。

すでに準備は、ひそかにすませてあった。

テレビとハードディスクレコーダーの電源を入れ、ＨＤレコーダーのリモコンを手に、ローテーブルにとって返す。

先ほどまで座っていたソファには戻らなかった。どかりと絨毯《じゅうたん》に腰を下ろし、あぐらをかいてリモコンを操作する。

「なんなの、いったい」

梨花が苦笑した。

いつもはほとんど没交渉の夫婦と化していたが、いとしい聡史とかわいい妹の手前、今日は懸命におしどり夫婦を演じている。

まさかこれから自分の前に、とんでもない展開が待っているなどとはつゆ知らず……。

「なんだと思う。ほら、はじまったぞ」

修はそう言って美人姉妹に画面を示した。

梨花は飲みかけのグラスを手に、由岐もソファに座りなおして、興味津々にテレビを見る。

すると――。

――あああ。いやン、聡ちゃん、こんなとこ撮らないで。恥ずかしい。恥ずかしい。ヒイイィン。

――恥ずかしいとか言いながら、マ×コ、ヌルヌルじゃないかよ、義姉さん……じゃなくてこの牝ブタ！

とつぜん大音量で、けたたましい淫声がひびいた。

しかも画面いっぱいに映し出されたのは、バックからガツガツと犯されているひとりの女——梨花である。

「——えっ」

それを見て、梨花がギョッとフリーズした。

「ヒィッ」

つづいて由岐が息を呑み、両手で口をおおう。

「ちょ……ちょっと。えっ。えっえっ」

梨花はそんな妹を、なかばパニックになりながらチラチラと見て、画面にも視線を吸いよせられる。

——あああ。おおおう。で、出ちゃう。聡ちゃん、出ちゃう。出ちゃうンンン。

画面いっぱいに映し出されているカップルは、言うまでもなく梨花と聡史だ。

どこのホテルだか知らないが、せまくるしいトイレの不浄な空間で、洋式便器を前にして、立ちバックの体位でセックスをしている。

梨花はすでに全裸であった。

身体の一部しか映っていないものの、聡史もまた全裸で梨花を犯している。

とんでもない現場を映しているのは、聡史がかまえたスマホでだった。

――あああ、出る。出る出る出る。気持ちいいよう。聡ちゃあああん。

――おら、好きなだけ、出せ。この潮噴きブタ！

声を引きつらせて訴える梨花に、獰猛《どうもう》な声で聡史が応じた。

にゅぽんと淫靡な音をたて、梨花の膣からペニスを抜く。なおも撮影をつづけながら、梨花のヒップをピシャリとたたく。

――ヒイイイイ。

小気味いい、平手打ちの音がした。

梨花はとり乱した嬌声をあげながら、媚肉から潮を噴き出させる。飛びちる潮がビチャビチャと、便器の枠やトイレの床に当たって跳ねる。

「ちょ……ちょっと待って。ねえ、待って！」

とうとう梨花が叫んだ。

画面の中の本人に負けずおとらず、これまたかなりとり乱している。

――ああ、いやっ。いやああ……。

大画面の中の梨花は、あわててガニ股のような格好になった。

プリプリと艶めかしく尻をふり、噴き出す潮を便器の水たまりに向けようとする。

うまそうな尻肉がいやらしく揺れた。

首を伸ばして便器を見下ろし、潮が水たまりにうまく飛びこむようにクネクネと尻をふる。

その姿の、なんという下品さ。なんという滑稽さ。

そして、なんといういやらしさ。

決して他人に見せてはならない密室感あふれる映像は、破壊力満点のエロティシズムだ

（何度見てもたまらないな）

修は早くももっこりと、ジャージのズボンにテントを張った。

「ちょっと待って。あなた、止めて。止めてってって言っているの！」

そんな修に、ヒステリックな梨花の怒声が飛ぶ。

当然、こんな反応は想定内だ。

修はのんびりとリモコンを操作し、画面から映像を消す。

2

「あ、あの……えっと……あの――」

梨花の顔面は蒼白《そうはく》だった。哀れなまでに引きつってもいる。

すぐには事情が呑みこめない様子だ。

当たりまえの話である。

だが、とにかくひとつだけわかっているのは――。

「うっ……ううっ……」

どういうことなのと信じられない顔つきで、梨花は聡史を見る。

映像の出どころは、聡史以外に考えられない。

しかし、わからないのは、どうして聡史がこんな映像をわざわざ修にゆずったかであろう。

「………」

一方の聡史はそしらぬ顔で、グイッとグラスのビールをあおった。そんな聡史の場違いなまでのマイペースさに、梨花はますます柳眉《りゅうび》をたわめる。

「あ、あの……ねえ、由岐――」

だが梨花は、それでも由岐を気づかった。

今のところ、画面に聡史は映っていないが、梨花は「聡ちゃん」と叫び、男は「義姉さん」と呼んでいる。

決してバレてはならないことが、白日のもとにさらされたのは間違いないと、梨花が思っても当然であった。

「っ……」

由岐は相変わらず、両手で口もとをおおったままだ。

驚いていることは事実であろう。しかし、さかんに揺れるその瞳は、同時にチラチラと修を見ている。

――どういうつもりなの、義兄さん。これって、いったいどういう展開？

言葉ではなく全身で、そう問うているのがよくわかった。

しかし梨花は、そんなことには理解がおよばない。

「ね、ねえ、由岐……あの、えっと、これは……これはね――」

「もういいじゃないか、義姉さん」

必死にいいわけをしぼり出そうとあせる梨花に、ピシャリと言ったのは聡史だった。

いよいよ俺の出番だとばかりに、修との密談どおりのシナリオで、ついに義姉へと触手を伸ばす。

「――っ。さ、聡ちゃん、あっ……」

自分をこんな目に遭わす義弟への怒りが表情ににじんだ。しかしすぐさまその美貌は、驚いたような顔つきに変わる。

聡史がいきなりソファから立った。

ぐるりと大股でローテーブルをまわる。

そんな聡史を、虚を突かれたように梨花が見た。

由岐も見た。

聡史はそんな美女たちの視線を浴びながら、さっきまで修が座っていた場所、梨花の隣へと飛びこむと――。

「きゃあああ」

「もう、ぜんぶバレちゃってるよ、義姉さん」

「ちょ、聡ちゃ――んむうぅッ」

聡史は梨花を荒々しくかき抱いた。びっくりして身をこわばらせる義姉の朱唇に強引に口を押しつける。

「ムンゥ……ちょっと……やめ、て……聡ちゃん、むぅ。んっむフゥ」

梨花は聡史の勢いを受け、ソファの背もたれに仰向けぎみになった。聡史はそんな義姉におおいかぶさるようにして、右へ左へと顔をふる。

狂おしい切迫感とともに、梨花の唇をむさぼり吸った。ちゅぱちゅぱといやらしい汁音がする。たわわな乳も、聡史は鷲づかみにした。

「ヒイィ。ちょ……だめ。聡ちゃん、なにを考えているの」

梨花はかぶりをふってキスを拒み、両手で聡史を押しかえした。

気にしているのは、由岐と修だ。

七対三、いや、八対二ぐらいの割合で、由岐への気づかいのほうが上まわる気もする。

「ゆ、由岐……あなた……ちょ、ちょっと、聡ちゃん、いい加減に――」

「さあ、こっちはこっちで乳くり合うか」

うろたえて暴れる妻に笑いそうになった。やはりこのパーティは、期待していた以上の卑猥さになりそうである。

修は床から立ちあがった。

リモコンを置き、梨花に微笑みながらローテーブルをまわる。

「えっ……えっ、えっ。アァン……」

聡史は梨花の首すじに、しつこくキスの雨を降らせた。

そんな義弟の責めに艶めかしい声をあげつつも、梨花は目を見開いて夫の動きを追う。

「ゾクゾクするだろう。んん？」

修は下品に微笑みながら、しかし由岐を見た。由岐は全身を硬直させて「嘘でしょ」というような顔つきで修を見あげている。

「なあ、由岐ちゃん」

修はそんな義妹にむしゃぶりついた。

「きゃああ。義兄さん、あぁぁン……」

由岐の首すじに吸いつくや、豊満な乳房を片手につかむ。

野性味あふれる荒々しい動き。

鷲のようになった修の指にまさぐられ、量感たっぷりのおっぱいが、苦もなくひしゃげていびつに突っぱる。

今日の由岐はお出かけ用らしき、可憐なワンピース姿だった。思いもよらない展開に動転し、逃げ出そうとする。

「い、いや。やめて、義兄さん。だめ……」

「とかなんとか言いながら興奮しないか、由岐ちゃん。ほら、脱いじゃいな」

「ちょ、ちょっと、アン、だめ。困る。あああ……」

有無を言わせぬ強引さで、むちむちした身体からワンピースを脱がせようとした。

あらがう由岐は身をよじり、修に背を向けてソファから飛び出そうとする。

「いいよ、もっともっと困りな。よっと……」

「あああ」

由岐の動きをたくみに利用し、暴れる身体をソファの上へと追いやった。背もたれに上体を預けさせ、バックに尻を突き出す煽情的なポーズにさせる。

「ほら、脱いじゃえ、脱いじゃえ」

「きゃああ。やめて、義兄さん。あぁン、いや、いやあ……」

「ゆ、由岐、あなたって娘は――」

「ほら、義姉さんも脱いじゃうか」

次から次へと起きる出来事に、梨花も完全にフリーズした。目を見開き、勝ち気な表情をこわばらせて夫と妹の痴態を見る。

「あっ。ちょっと、やめてよ。いやあ……」

そんな梨花の身体から、聡史はバルーンスリーブのブラウスを脱がせようとした。

パーティのホステス役を自認していた梨花は、由岐に負けないお洒落《しゃれ》ぶり。紫色のエレガントなブラウスと、黒のフレアスカートで決めていた。

「ちょっと、なにするのよ、聡ちゃん。いやあ……」

梨花は我に返って聡史をなじる。

必死に暴れて脱がせまいとするものの、思考を停止してしびれた頭は、身体にまったくついていけない。

義弟にあらがう手足の動きは、本人の必死さほどには激しくない。

「ああ、やめて、聡ちゃん……ゆ、由岐……あなた、まさか――」

「まさかとか言って、由岐ちゃんを怒る権利あるのかよ、梨花。なあ、由岐ちゃん」

「ハァアン、義兄さん、だめ。ああ、姉さん……」

「くぅぅ……由岐……」

梨花は聡史に抵抗しながら、まなじりをつりあげて由岐をにらんだ。

おとなしい由岐は、そんな実姉にさらにうろたえる。背後の修にいやいやとかぶりをふって懸命に拒んだ。

しかし、修は横暴だ。由岐の身体から高価そうな服をむしりとり、みるみる半裸に剝いてしまう。

「あぁぁん、だめぇぇ……」

「おお、由岐ちゃん、はぁはぁはぁ」

今日の由岐は、上品な花柄のブラジャーとパンティだ。背もたれに突っ伏し、背後にググッと大きな尻を突き出している。

色白のヒップが肉を張りつめ、巨大な白桃さながらの官能的なまるみを強調した。白い美肌がほんのりと、薄桃色に染まってきたのは暴れる激しい動きのせいか、それとも別の理由もあったか。

「いや。だめぇぇ……」

「おお、由岐……」

すると、今度は聡史がうめいた。

「あ、あなた、どうしよう。どうしよう。こんなことになるなんて……」

「罪悪感なんて感じることないよ、由岐ちゃん」

聡史に呼ばれ、さらにとり乱す由岐に修は言った。

両手の指をパンティに伸ばす。桃の皮でも剝くように、つるりと尻からシルクの下着を下降させる。

「あああ、義兄さん、あああああ」

一気にパンティをむしりとり、尻をつかむやさらに前方に女体を押した。

由岐は背もたれと修にはさみうちにされ、移動途中の尺取虫のように、その尻をいちだんと高くあげる。

「おお、由岐ちゃん……」

「きゃあああ。あっ、義兄さん、あっあっ、あっあっあっ」

修はやわらかな尻肉を、もにゅもにゅとねちっこく揉みながら、由岐の女陰に吸いついた。

あどけなさを感じさせる幼げな牝園は、しかしとんでもなく好色だ。そのことを、すでに修は聡史と同じように知っている。

「由岐ちゃん、いいんだよ。感じなさい。いっぱい感じて。んっ……」

……ピチャピチャ。ねろん。ちゅぶ。

「うあああああ。ああ、だめ、義兄さん、やめてよう。こんな、こんな……」

「そらそらそら。んっんっ……」

……ピチャピチャ、ぢゅるる。ぢゅるぢゅる、ぢゅる。

「あああ、そんな、いや、そんなことされたら……あああ。あああああ」

「ヒイィ。ゆ、由岐……」

我を忘れて声をあげ、早くも由岐は日ごろの仮面をかなぐり捨てた。

そんな若妻に、梨花はたまらず不様にうめく。

男とまぐわう妹を見るなんて、生まれてはじめてのことだろう。すさまじい感じかたで劣情を露にする由岐に、面食らった様子である。

しかも彼女を責めたてているのは、自分の夫なのである。

3

「お、修さん、あなたって人──」

「さあ、義姉さん、俺たちも負けていられないよ」

梨花の言葉をさえぎったのは、聡史だった。

「きゃん」

すでに梨花もまた、パープルのブラとパンティという半裸姿だ。

股間に吸いつく三角の下着を聡史もまた、修に負けじと乱暴に脱がせる。

可憐でかわいい妹につづき、鼻っ柱の強い姉のワレメが、真っ昼間のリビングにまる出しになった。

「あアン、ちょっと……」

「義姉さんもマ×コを舐めてやるよ。そらっ」

……ピチャ。

「きゃあああ」

「おお、いい声。好きなんだよね、義姉さんは。こんなふうに荒っぽく、ネチネチオマ×コを舐められるの。そらそらそら」

……ピチャピチャ。ねろん。

「あああああ。や、やめて、聡ちゃん。ばか。あの人がそこに――」

「だから、いつもより興奮するんじゃないかな。んっんっ……」

「ヒイィィン。ああああああ」

「はぁぁ、姉さん……」

「違う。違うの。これは、これは……あああああ」

由岐のせつない嬌声にからみ合うかのようにして、それより低めの梨花の淫声が部屋の大気をふるわせる。

「クク。こいつはいいな。そら、由岐ちゃんも、もっといい声で啼きな」

修は背すじをゾクゾクとさせ、義妹の牝肉をめったやたらに舐めしゃぶる。

「あああ。義兄さん、困るよう。困るよう。あああああ」

「くぅう、由岐――」

「そらそら。義姉さんも、あっ。『義姉さん』より、いつもみたいに『牝豚』って呼ばれるほうがいいかな」

聡史もますます下品な責め師になっていく。こうなったらとことんやらなければ損だとでも開きなおったかのようだ。

「な、なにを言って……あああああ」

聡史がワレメを舌でほじる。れろんと陰核を舐めあげた。必死に威厳を保とうとするもの、梨花は義弟の舌責めに、淫らな本性を隠せない。

「舐めないで。ちょっと、やめて。やめなさいって言ってる……あああ」

「おお、いい声だな、梨花。おまえ、俺とのエッチじゃそんな声、あげたこともないくせに。ほら、由岐ちゃんはどうだ」

「ハアァァ。義兄さん、いやあ。ああ、どうしよう。うあああああ」

「くう、由岐……修さ――」

「うりうり。義姉さん、マ×コ舐め。マ×コ舐め。んっんっ」

「あああああ。やめなさい、聡ちゃ……ああ、あああああ」

人もうらやむ家柄と、美貌を手にして生まれてきた姉妹であった。

しかし、神さまはいたずら好きだ。

そんな美女たちに誇りと同時に、淫乱きわまりない女体も与えた。しかも、人並みはずれた淫乱さを。

かたや四つんばい、かたや大開脚。

はしたないふたりの美女は、蜜肉を男にしゃぶられる快感に身をこがす。

「あン、義兄さん、あああああ」

「クク。由岐ちゃん、その声は、ここもこうしてほしいってことかな」

「ひゃあああ」

とまどいながらも気持ちよさに負け、いい感じに艶が乗ってきた。そんな由岐に、修はさらなる責めに出る。

双臀をつかんで、くぱっと割り開いた。谷間の底でいやらしくひくつく秘肛を狂おしくしゃぶる。

「あああ。あっあっ。義兄さん、それだめ。それ、だめえええ」

「ほら、マ×コは自分でしなさい」

義妹の肛門を舌で蹂躙《じゅうりん》しながら、修は由岐の手を取った。剝き出しの女陰へと指をみちびく。

まさに手取り足取りといった丁寧さだ。白魚さながらの細い指をクリ豆に直接押しつけた。

「ヒイィン。義兄さん」

「これ、好きなんだよな、由岐ちゃん。旦那《だんな》と姉さんの前でもしてごらん」

自慰を強要しながらさらにねつっこく、ひくつくアヌスに舌の雨を降らせた。

「あああ。義兄さん、どうしよう。恥ずかしいよう。ああああ」

義兄の猥褻な命令と舌責めに、スイッチが入ってしまった。年若い痴女は、今にも泣きそうな声をあげる。

しかし——。

「やりなさい。やらないと、お尻の穴、舐めてあげないよ」

「いや。いやいやいやあああ」

修のブラフに、とうとう由岐は決壊した。

背もたれに身体を押しつける。

髪をふり乱すと、両目をギュッと強く閉じた。そんな由岐の目尻から、しぼり出された涙のしずくが玉になってから頬に流れる。

「だったら、オナニーしなさい。ほら」

「ああ、義兄さん……」

「や、り、な、さ、い」

「うああ、あああああ」

……グチョ。ニチャッ。

修の厳命に、ついに由岐はしたがった。

獣の声をあげながら、股の間にくぐらせた指で、汁まみれのクリ豆をいやしくかきむしる。

「あああああ。どうしよう。恥ずかしい。恥ずかしい。あああああ」

「肛門、舐めてほしいかい、由岐ちゃん。ほら、ここ」

自慰をはじめた由岐の肛肉に、修はそっと指を当てた。

短く切りそろえた爪の先で、カリカリと鳶色のすぼまりをかいてあやす。

「ヒイイイ。ヒイイイィィ」

「舐めてほしいかい、由岐ちゃん」

「ああ、舐めてほしいよう。舐めて。舐めてえええ。あああ、気持ちいい。鳥肌、立っちゃうよう。ああああああ」

下品な挙措で股間の肉芽を愛撫しつつ、由岐ははしたないねだりごとをした。天に向かってあごを突きあげ、あんぐりと口を開いている。

「由岐ちゃん、どこを」

「お尻の穴。お尻の穴あああ」

「そんな言いかたじゃダメだ。いつもみたいに言いなさい」

「あああああ」

「由岐ちゃん」

「こ、肛門、肛門舐めて。肛門舐めてほしいよう。舐めてほしいよおおう」

「こんなふうにかい。んっ……」

……ピチャ。

「あああああああ」

強制的に卑語をもぎとった修は、胸のすく思いで再び尻の谷間に顔を埋めた。

そのとたん、由岐の喉からほとばしったのは、我を忘れた吠え声だ。

背すじをU字にたわめ、白い首すじを引きつらせる。

窮屈な体勢で天をあおぎ、可憐な美貌を一変させて、快感にむせび泣く獣の素顔をあからさまにする。

「あああ、あああああ」

「ほら、オナニーしなさい。肛門、気持ちいいかい」

……ピチャピチャピチャ。

「あああ。き、気持ちいい、気持ちいいよう。恥ずかしい。ああああああ」

「うああ、あああああ」

(えっ)

自制心を喪失した由岐の淫声に、とうとう梨花が限界を超えた。

修は妻のほうを見る。

見れば梨花は夫に責められる由岐を見ながら、これまた大きく口を開け、いつしか痴女の本性をこれまた完全にさらしていた。

「おお、梨花……」

「な、舐められてる。由岐が修さんに……修さんにお尻の穴を。く、悔しい。悔しいンン！」

「はぁはぁ……義姉さん……」

とつぜんボルテージをあげ、もう一匹の淫乱牝へと堕ちた梨花に、いささか聡史も呆気にとられる。

だがすぐに、自分の役割を思い出したかのように――。

「く、悔しいか、牝豚。悔しいのか」

「ああン……」

梨花の股間から顔を離すと、問答無用の荒々しさで、ぐったりとする義姉を由岐と同じ格好にさせた。

「ハァアア、聡ちゃあああん」

「悔しいのかって聞いているんだ」

――ピシャリ！

「あああああ」

「アアン、姉さん……さ、聡史さん……」

攻守ところを変えるかのように、今度は由岐が気圧《けお》された。

盗聴音声で聴いたことこそあったものの、目の前で獣へと豹変《ひょうへん》した実の姉に、茫然自失《ぼうぜんじしつ》の様子である。

そのうえ自分の夫もまた、彼女の知らない男と化している。

「悔しいのかって聞いてるんだよ、牝豚！」

――パッシィイン！

「うあああ。悔しいの。だって私にあんなこと、してくれたことなかったものおおお」

梨花は美貌をゆがませて、これまた泣きそうな顔つきになった。

もはや恥も外聞もなく、神が与えた痴女の血を沸騰させ、嫉妬の鬼にもなっている。

「おおお、梨花……」

そんな妻の姿に、修はますますいきり勃った。

そして同時に確信するのだ——ここにいるほかの全員が、修と同じとんでもない心持ちになっていることを。

4

「そ、そら。どうせならこうしよう」

衝きあげられるような激情に、修はますます無慈悲で極悪な責め師になる。

聡史にあごをしゃくり、手伝いを求めた。

ローテーブルを、料理ごとダイニングキッチンへと移動させ、ゆったりとした空間を作る。

つづいてソファの位置も変え、ふたりがけソファの背もたれを4Kテレビのほうに向ける。

「ほら、由岐ちゃん、こっちにおいで」

「あぁぁン、義兄さん……」

「ほら、牝豚もこっちだ」

「ああ……ちょ……聡ちゃん、あああ……」

頭の回転の速い男だ。聡史は修の奸計に、早くも気づいたようである。再び由岐を先ほどと同じ格好にさせる義兄にしたがい、自分も梨花を引っぱると、由岐の隣で勝ち気な人妻を妹と同じ姿にさせる。

聡史がちらっと、義兄の手もとに目をやったことにも修は気づいていた。アイコンタクトをかわし、聡史に口の端をつりあげる。

「あああ、姉さん……」

「由岐、あなた、おぼえてなさい。よくも人の旦那と……」

隣り合った姉妹は、片方はうろたえ、片方はまなじりをつりあげて互いに対した。

しかし由岐だって、言われっぱなしではすませない。

「ね、姉さんのほうが先だったくせに、なにを言っているの」

「なんですって」

「なによなによ。自分のことは棚にあげて。私のたいせつな人と、勝手に気持ちいいことして」

「くぅ。由岐……」

いつもおとなしい妹の、負けん気を剥き出しにした反駁《はんばく》に、いささかひるんだようである。しかも、由岐の言っていることはまったくもって正しいのだから、梨花にいいわけの言葉はない。

「そら、それじゃ再開だ」

痴話げんかをはじめた姉妹に嬉々《きき》としながら、修は再び手を取って、由岐の右手を彼女の股間にエスコートする。

「あああ……」

「ほらほら、こっちもまたやるぞ、牝豚」

「キャヒィイン」

聡史は修にしたがうように、梨花の尻肉を小気味いい音をたてて、平手で打った。そして——。

「うああ。ああン、義兄さん、ああああああ」

「ヒイィイン。聡ちゃん、ああ、そんな、ああああああ」

修と聡史は同じ動きで、再び美女たちを責めはじめた。

修は由岐の秘肛を、聡史は梨花のぬめり出した媚肉を、激しくねちっこい舌責めで、ピチャピチャと舐めては官能の刺激を注入する。

「ハアァァン。感じちゃう。義兄さん、感じちゃうンン。ああああ」

由岐は背すじをのけぞらせ、自ら秘唇をかきむしりながら、はしたない快感を訴えた。

すると梨花も、聡史の責めにとり乱して叫ぶ。

「アアアァン、聡ちゃん、聡ちゃあああん。どうしよう。あの人が……私の夫が妹とこんなこと……こんなことを――」

「人のこと言えないだろう、このマゾ豚！」

――パッシィン！

「きゃあああ」

聡史の尻たたきは、さらに興が乗ってきた。

先ほどまで以上のたたきっぷりで、梨花のヒップを強く張る。

(聡史くん、いいぞいいぞ)

修はついニンマリとした。

異常としか言いようのない状況に、聡史も狂おしく燃えている。その目はいつしかギラギラと、なにかに憑《つ》かれたようになっていた。

「あああン。あっあっあっ。あああああ」

「ヒィイン。感じちゃう。ああ、聡ちゃん、悔しい。悔しいンン。うあああ」

二匹の淫牝は競い合うかのようにして、派手で卑猥な吠え声をあげた。

どちらも仲よく、バックに向かってヒップを突き出す。

男たちの舌責めに耐えかねたように、プリプリと艶めかしく、右へ左へと尻をふる。

「さあ、それじゃ余興も再開だ」

頃合よしと、修は判断した。宣言する声は、我知らずふるえて不様にうわずる。

手にしていたものをテレビに向けた。

HDレコーダーのリモコンである。またしても五十インチの大画面に、梨花の痴態が大写しにされた。

――ハアァァ……ああン、困るンン……あああ……。

「い、いやあああ」

画面の中の梨花は、なおも品のないガニ股になっていた。飛びちる潮を便器の水たまりに必死に排泄しようとする。

正視に耐えない自分の姿をまたしても大画面いっぱいに再生され、梨花はパニックになった声をあげる。

(おお、梨花……)

だがその声は、つい先刻とは明らかに違う。

グツグツとたぎる痴女の血が、これほどまでに恥ずかしい映像も、この世にふたつとない媚薬と化して勝ち気な梨花を侵していた。

「…………」

「……っ！」

修は聡史を見て、着ているものをすばやく脱いだ。

すると、聡史も義兄につづく。

服を脱ぐ間ももどかしいとばかりに、修と一緒に全裸になった。

——ブルルルンッ！

どす黒い、規格はずれの陰茎が、これまた仲よく露になった。どちらの男根も、まがまがしいまでに反りかえっている。

ふくらんだ亀頭の尿口から、意地汚い涎のようにカウパーを臆面《おくめん》もなくもらしていた。

——ハアア、聡ちゃん……。

——そらそら、まだまだこうしてほしいだろ。

——ああああ。

画面の中の獣たちは、再びひとつにまぐわった。

梨花の潮噴きは、まだおさまっていない。

それでも聡史は、もうこれ以上は待てないとばかりに、ヌプリと義姉の肉壺に猛る怒張をねじりこむ。

——ンッヒイイイ。

「やめてえええ。ビデオ、止めて。止めて。あなた、あなたあああ」

「なにを言っているんだ。本当は興奮しているんだろう、梨花。そおら、由岐ちゃん」

「ハアアアァン」

金切り声をあげる自分の妻をあざ笑った。梨花の訴えに耳を貸さず、修は由岐の淫肉にズブズブと勃起を挿入する。

「ああ、義兄さあああん」

「そらそら、由岐ちゃん、見なよ。きみの姉さん、由岐ちゃんの旦那とあんなすごいことしているよ」

……ぐちょ。ぬちょっ。

「あああああ」

「おおお、気持ちいい！」

いやらしく腰をしゃくり、うずく亀頭をヌチョヌチョと牝粘膜に擦りつけた。

今日もまた、義妹の蜜壺は早くもとろとろだ。

いや、心なし、いつも以上にねっとりと卑猥な粘りを感じさせる。

「あああ。義兄さん、あっあっあっ……い、いや、姉さん、そんな目で見ないでよう。私……私イイィ」

「くぅぅ、由岐、あなたみたいな妹――」

――おおおん。聡ちゃん、ああ、待って待って。また潮出ちゃうンンン。

「ヒイィ」

獣の声をあげはじめた妹に、梨花は血相を変えて抗議をしようとした。

しかし状況が、梨花にそれを許さない。

画面の中の浅ましい彼女は、またしても狭いトイレの中で、ガツガツと聡史に犯されはじめた。

——おおおう。おおおおう。ああ、聡ちゃん、き、き、気持ちいいンン！

「やめて。やめてやめてええ。ビデオ、止めて。あなた、あなたあああ」

「うるさいよ、牝豚！」

——ピシャリ！

「あああああ」

背もたれに突っ伏し、プリプリと尻をふる梨花のヒップを聡史がたたいた。

「はぁはぁ、はぁはぁはぁ」

聡史はついに我慢しきれず、おのが勃起を握りしめ、自慰をはじめている。

なにしろ妻が、すぐそこで義兄に犯されているのだ。しかも、いやがるどころかあられもない声をあげ、子供を作ってはいけない男と、子作りの快感におぼれている。

「おおぉ。由岐、はぁはぁ……」

「ハァン、あなた……あなたがいけないんだもん。あなたのせいだもん。あなたが姉さんと変なことするからあああ……気持ちいいイイイィ」

ほの暗い目つきで夫に見つめられ、由岐は泣きそうな顔つきでせつない真情を吐露しかけた。

しかしもはや、悲しみより痴女の血がまさってしまっている。

夫をなじりたい気持ちはありながら、亀頭に膣内をほじくり返される、下品な悦《よろこ》びにどうしようもなく狂乱する。

「あおおおう。義兄さん、ち×ぽいいよう。ち×ぽいいよう。ああああぁ」

「いつもよりいいかい、由岐ちゃん。んん？」

淫らな快感の虜になり、我を忘れるかわいい義妹にしてやったりという気分になる。

修はガツガツと腰をふり、ぬめる牝肉に亀頭を擦りつけては膣奥の子宮をえぐりこむ。

「ヒイィン。あああ。気持ちいい。いつもより気持ちいいンン。あああああ」

「ゆ、由岐、あなたはほんとに——」

——おおおう。聡ちゃん、マ×コいい。マ×コいいのおお。おおおおう。

「ヒイ。や、やめて。もうやめて。こんな私、みんなで見ないでえええ」

——やかましい、マゾ豚！

「やかましい、マゾ豚！」

——バッシイィ！

——ああああああ。

「ああああああ」

映像と現実が、おもしろいほどシンクロした。画面の中の聡史が叫べば、修の隣で現実の聡史も同じように叫ぶ。

奇しくも同じタイミングで、誇り高きマゾ牝の尻をピシャリと張った。

すると、これまた愉快なほどのシンクロぶりで、ふたりの梨花が同じように、ドMな悲鳴を炸裂《さくれつ》させる。

——も、もっとたたいて。お尻、たたいてェエン。

「やめて。やめてやめてやめてやめてえええ」

画面の中の自分の痴態に、もはや梨花は半狂乱だ。

駄々っ子さながらに身体を揺さぶり、この世の生き地獄に悲鳴をあげる。

(おお、梨花!)

だが、修にはわかった。

それは甘美な生き地獄。

神からもらった淫乱の血は、これほどまでの醜態も、梨花をうっとりと、マゾヒスティックな陶酔感に引きずりこんでいる。

5

「はぁはぁ、はぁはぁはぁ。やめて。これは私じゃ……私じゃああ——」

「ああ、姉さん、いやらしいよう。いやらしいよう。姉さんがこんなにエッチだったなんて……あああああ」

バックから修に突きあげられ、前へうしろへと半裸の肢体を揺さぶって、由岐は完全に獣になった。

修は手を伸ばし、義妹からブラジャーをむしりとる。

背中のホックをたくみにはずすや、ブラカップがはじき飛ばされた。たわわなおっぱいがはずみながら、男たちの前に露になる。

「ハアァン。姉さんが聡史さんに犯されてる。トイレなんかでなんてことしてるのよおおおっ。あああああ」

「ああ、イヤン、見ないで。見ないでって言ってるのおおお」

「おおおう。ち×ぽ気持ちいい。義兄さん、ち×ぽいいよう。いいよう。うあああああ」

「あああ。もう、いや。由岐、そんな声出さないで。修さんのち×ぽで、そんなに気持ちよくならないでえええ」

「そら、牝豚、おまえも気持ちよくなればいいだろう」

姉妹たちの黄色い声に、獰猛な叫び声とともに割って入ったのは聡史だった。

梨花の背後で態勢をととのえる。問答無用の激甚さで、猛る肉棒を膣奥深くまで、ズズンと思いきりたたきこむ。

「キャッハハハハアアアア」

……ビクン、ビクン。

「おお。梨花、おまえ、ち×ぽを挿れられただけでイッたのか」

梨花は我を忘れた声をあげ、目の前の背もたれに身を投げ出した。

ちゅぽん、と音をたて、梨花の膣からペニスが抜ける。愛蜜のしずくを飛びちらせ、聡史の男根がししおどしのようにしなる。

「おおう……おおおう……」

背もたれにぐったりと身体を預け、梨花は派手に痙攣した。肩をすくめては背すじをしならせ、また肩をすくめては背すじをしならせる。

色っぽい首すじが引きつった。

すました美貌を一変させ、思いきり両目を見開いている。

ガクガクと絶え間なくふるえていた。

「うーうー」

奥歯を嚙《か》みしめ、痴女だけが行ける天国で、うしろめたいエクスタシーに我を忘れる。

「ああン。姉さん、あっあっあっ、あっあっあっあっあっあああああ」

そんな姉を横目に見ながら、由岐はしかし、もうコメントもできない。もはや彼女もまた、言葉などではどうにもならない本能の世界にいた。

たくましい肉スリコギで腹の底をほじられる、品のない悦びに喜悦する。

ただただひたすら浅ましい、痴女という名の獣になる。

……バツン、バツン、バツン。

「おおおう。感じるううう。義兄さん、ち×ぽいいよう。おおおおう」

「はぁはぁ。由岐ちゃん……」

「そら、マゾ豚、まだまだこんなことじゃ終われないぞ、俺たちも」

嫉妬にかられたらしい聡史は、惨めな格好でつんのめったままの梨花をあおった。

「アァァン……」

脱力する義姉の腰をつかみ、再び四つんばいの格好を強いる。梨花の背中に手を伸ばし、こちらも負けじとブラジャーを取った。

――ブルルルンッ！

重たげに、それぞれ別々に揺れながら、ふたつのおっぱいが露出する。勃起した乳首でジグザグと虚空に不規則なラインを描く。

「はぁはぁ……さ、聡ちゃん……」

「そおら、俺たちもいつもみたいにやろう、義姉さん。そおらあぁっ」

聡史はもう一度、態勢をととのえた。

なおも痙攣をくり返す、誇り高き美女の膣に、再び男根をズブリと突き刺す。

「あああああ」

「くぅう、こんなにヌルヌルさせて……なんだかんだ言いながら、感じているんじゃないか。そら。そらそらそら」

……グチョグチョ。ヌチュヌチョヌチョ。

「うあああ、あああああ」

聡史は梨花の腰をつかみ、バランスをとりながら猛然と腰をしゃくった。

すると、梨花はたちまち裸身に生気をよみがえらせる。背もたれの縁を両手でつかみ、ググッと背後に尻を突き出し——。

「あああ、うあああああ」

もはやつくろうすべもなく、女体を突きあげるガチンコな快感に、痴女の本性を爆発させる。

「き、気持ちいい。なんなの、これ。なんなのおお。あああああ」

「アァン、姉さん、姉さんのばか。スケベ。スケベ。あああ、気持ちいいン」

――ヒイィ。また潮、出ちゃう。潮、出ちゃうよおおおう。

「あああああ、あああああああああ」

画面で訴える梨花に、ふたりの淫牝が一緒に叫んだ。

どちらもあんぐりと口を開け、涎のしずくを飛びちらせる。どこか恍惚の表情で、テレビの中の浅ましい潮噴き牝を見る。

――ほら、股、開けよ、義姉さん。

聡史が激しく動くため、画面が派手に乱れた。

再びスマホが静止すると、聡史は体勢を変え、梨花の媚肉に二本の指を、ドリルのようにねじりこんでいく。

――ギイイイィ。聡ちゃあああん……。

――そらそらそら。潮を噴きたいんだろう。

——あああ、うあああああああ。

聡史は高速ピストンで、梨花の発情淫肉をかきむしった。

責めたてているのは、Gスポット。

鉤《かぎ》のように曲げた指の腹で、膣内にある卑猥なくぼみを、怒濤の勢いで擦過する。

——あああ。気持ぢいい。気持ぢいい。あああああああ。出ぢゃう。出ぢゃう出ぢゃう出ぢゃう。あああ、あああああ。

「おお。すっげ……」

画面の中の梨花の痴態は、この映像をリプレイして何度見たかしれない。しかし何度目にしてもなお、その姿はすさまじい破壊力だ。

——あああ。気持ぢいい。気持ぢいい。あああああああ。

両手を伸ばし、左右の壁につっかい棒をしていた。

中腰になって腰を落とし、Gスポットをかきむしられる快感に、天を仰いで咆哮《ほうこう》する。

日ごろの男を見くだしたような、つんとすましたふるまいとの落差に鳥肌が立つほど痛快だ。

——おおおお、おおおおおお。

ほじくり返されるワレメから、間欠泉さながらの勢いで透明な潮が飛びちった。梨花はもう、それらを便器に向けようとする余裕すらない。

ただただ、快感。

ただただ、下品。

ガニ股のような格好で、誰もが認める「いい女」が、すさまじい量の潮を噴き、浅ましいエクスタシーに狂乱する。

「おおおおう。もう、だめ。もう、だめえええ。おおおおう」

「ああン、私ももうだめ。うあああ、ああああああ」

強烈な刺激をはらんだ禁断の映像に、梨花は完全に痴女になった。

隣の妹も、姉と分け合った痴女の血を沸騰させ、競い合うような派手な声でリビングの空気をふるわせる。

(ああ、俺ももうダメだ!)

姉妹たちの淫らな競演に、さすがに修も限界であった。ちらりと聡史を見れば、義弟も弱々しくかぶりをふり、同じ思いを訴えてくる。

「そら。それじゃ、みんなでイクぞ」

聡史にうなずく。

修はいよいよラストスパートに入った。

さらにグッと両脚を踏んばり、雄々しいピストンマシーンとなって、由岐の膣奥にペニスをたたきこんではすぐに抜く。

「おおお。ち×ぽ、いいよう。これ、いいよう。おおおおお」

——ああああ。オマ×コ、気持ぢいい。潮、出ぢゃう。いっぱいいっぱい潮、出ぢゃうウゥ。あああああ。

「おおおおう。なんなの、ごれえ。おがじぐなる。おがじぐなっぢゃうううう。おおおう、おおおおおおお」

二匹——いや、三匹の痴女はみながみな、この世の天国で狂乱した。

画面の中の梨花は失禁をしているのではないかと思うほど、大量の潮をしぶかせながら淫らに叫ぶ。

そんな映像の中の梨花にあおられるかのようにして、現実世界の淫牝たちも、声を限りに獣の叫びの二重奏《デュオ》をくり返す。

どちらもそろって乳を揺らした。

色白美肌を紅潮させ、ぶわりと汗を噴き出させる。

(い、いつもより気持ちいい！)

波打つ由岐の淫肉は、まれに見るほどの凶悪さだ。絶え間ない蠕動をくり返しては、極悪なしぼりこみかたで修の極太に吸いついてくる。

そんな膣肉の卑猥さに、いよいよ決壊のときがきた。

由岐の尻肉に、十本の指をさらに深々と食いこませる。マグマのような激震が、ゴゴッ、ゴゴゴッと修の身体を突きあげる。

見れば聡史も天を仰ぎ、滑稽なまでの腰ふりで、梨花の肉園をグチョグチョと犯している。

(ああ、イクッ！)

「うおおおう。もうダメ。イッちゃうイッちゃうイッちゃう。おおおおう」

「ヒイィン、義兄さん、私も、もうイグウウウッ。あああ、あああああああ」

「おお、出る……」

「おおおおおっ。おおおおおおおおおっ!!」

――どぴゅどぴゅ、ぶぴぶぴぶぴぴっ！

修は腰をガクガクとさせた。

天へと突きぬけた反動で、今にも意識を失いそうになる。

あわてて脚を踏んばった。

もう一度ムギュッと、汗ばむ尻を強くつかむ。

ドクン、ドクンと陰茎が我が物顔で脈打った。そのたび大量のザーメンが、矢のように飛んでビチャビチャと子宮をたたく。

(おおお……)

「はうう……義兄さん……ああ、とろけ、ちゃうン……ハアァン……」

「……あっ。ゆ、由岐ちゃん……」

「うああ……どうして……こんなことに……あああ……」

「梨花……」

美しい痴女たちもまた、アクメの桃源郷にひたっていた。

ふたりして、断続的に痙攣し、仲よく白目を剥いたまま、色っぽい声でうめいている。

「聡史くん……」

見れば聡史の男根も、修のそれと同様、痴女の膣奥にズッポリと埋まったまま、ドクン、ドクンと痙攣していた。

修に見られた義弟は、申し訳なさそうに頭を下げる。

そんな聡史に、修はニヤリと笑顔を返した。

スワッピングの気持ちよさに、なおもどっぷりとおぼれながら。

第四章　あこがれの義姉

1

「えっ。浩介《こうすけ》さんがＥＤ？」

「ええ、そうらしいの。言わないでくれって言われてたんだけど」

くんずほぐれつしたあとの、ピロートークは意外な会話になった。

裸のまま、汗ばむ肌を今夜もくっつけ合っている。

セックスのあとも、梨花がこんなに甘えてくるのは、結婚以来、はじめてである。

少し前まで、寝室には妻の淫らな嬌声が響きわたっていた。行為が終息したとはいえ、今もなお、梨花のヒップは真っ赤に腫《は》れているはずだ。

（義姉さんの旦那が……）

たった今耳にしたばかりの情報に、修はひそかに色めきたった。

それは、かなり意外なものだった。

それではあの清楚な義姉は、あれほどまでにムチムチとしたいやらしい身体を持ちながら、男日照りを強いられているということか。

――梨花も痴女。由岐も痴女。だったら愛結子義姉さんはどうなんだ。

タイプこそ違え、いずれおとらぬ美しさを持つ姉妹をスワッピングで征服した修は、当然のように長女に関心を持った。

永沢愛結子、三十六歳。

小さな時分から美人ぞろいとして男たちの憧憬を集めた三姉妹の中でも、ひときわ楚々とした、特別な女性。いかにも大和撫子《やまとなでしこ》然とした古風な美しさと人柄を持つのが、長女の愛結子だった。

上品な、和風の顔だちはしっとりと濡れた百合《ゆり》の花のよう。

侵しがたい気品とはかなげな美しさをまとい、いやがおうでも高嶺の花感をかもし出す。

三姉妹は、いずれも有名な私立の名門お嬢様学校を、中学から大学までエスカレーター式に進んだ才媛《さいえん》だった。

だが、在学中に生徒会長まで務め、言いよる男たちの数も抜きんでていたらしいのが愛結子である。

そんな、天から二物も三物も与えられた長女がとついだのは、先祖代々の地主として裕福な暮らしをする跡取りの頭領、永沢浩介、五十三歳だ。

愛結子たち夫婦は子供にこそ恵まれなかったものの、はた目に見るといつだって、嫉妬したくなるほど仲むつまじげなカップルであった。

こんないい女と毎晩のようにセックスができるなんて、義兄はなんと幸せな男かと、修はいつもひそかに浩介をうらやんだものである。

こんなこと、梨花はもちろん誰にも言えなかったが、愛結子は修がこっそりと、胸の奥深くにしまう、あこがれのマドンナのような人だ。

（まさか旦那がＥＤだったとは）

修は甘いピロートークで、愛結子が妹の梨花にだけは、つらい思いをこっそりと打ち明けていたことをはじめて知った。

浩介はたしかに三年前、車に跳ねられて大けがをした。

幸運にも、すっかり完治したものだとばかり思いこんでいたが、思わぬ形で果報者の義兄は、重い十字架を背負っていたのだ。

「……どうしたの」

物思いにふける修に、おもねるようなささやき声で梨花が問いかけた。

上目づかいに見あげる瞳の奥では、一度は鎮火した好色さが、再び色濃い卑猥な炎をあげはじめている。

「いや、別に……ああ、梨花……」

「ハアァン……」

修は再び、妻におおいかぶさった。

しっとりと汗ばむ梨花の裸身は、いまだに熱い火照りに満ち、満足にはほど遠い状態であることを修に伝えた。

スワッピングという劇薬が功を奏し、あれ以来、修たち夫婦の関係は劇的に改善した。

しかも妻公認、相手の夫公認で、妻のかわいい妹とも好きなときにセックスができるというのだから、これを幸せと言わずしてなにをかいわんやである。

だが――。

（義姉さんが、男日照り……）

耽美な興味がムクムクと、修の胸底に去来した。

いつだって、つつましやかな微笑とともに、たおやかにたたずむ和風の美女。

自分とは、終生縁などあるはずもない、まさに高嶺の花だと思っていた。

そんな梨花の実の姉が、獣のようによがり狂っている様を想像すると体中の血がたぎった。

「あぁぁん。あなた、あなたあ、あぁああ」

激しく欲情しているのは、愛結子のせいだと隠したまま、修は梨花の首すじに吸いついた。

豊満な柔乳に指を食いこませれば、梨花はくなくなと身をよじり、はしたない声で夫に応えた。

2

「おお、愛結子……愛結子お……はぁはぁ……」

「はうぅ、あなた……あなた……アァン……」

寝室の暗闇に、ちゅうちゅうと粘っこい吸着音がひびく。

そんな生々しい音とからみ合うかのようにして、自分の名を呼ぶ夫の声が糸引く狂おしさで寝室にたゆたう。

(ああ、あなた、かわいそうに……あなた……)

愛結子は今夜も悶々としながら、夫に乞われるがまま、はしたない行為に身をやつした。

大きなベッドに座り、赤ん坊でも抱くように、横たわる夫を抱きかかえている。夫の浩介はそんな妻の夜着の胸もとをはだけさせ、たわわな乳に吸いついて、夢中になって吸っている。

「はあぁぁ。あなた……」

「もっとしごいてくれ、愛結子。なあ、もっと、もっともっと」

「こ、こうですか。あなた、こう?」

浩介も夜着を大胆にはだけ、闇の中で股間をまる出しにしていた。愛結子はそんな夫の股間に指を伸ばし、その手にペニスを握っている。

しこしこと、いやらしい動きで何度も何度もそれをしごいた。そんな動きに反応し、浩介は絶え間なく身悶《みもだ》えながら、さらに激しく乳を吸う。

……ちゅうちゅう。ちゅう。

（ああ、感じちゃう）

ねちっこさあふれる乳吸いに、内なる官能がざわめいた。

湧きあがりそうになるはしたない欲望を、愛結子は理性を総動員させ、必死に奥へと戻してこらえる。

「ああ、愛結子……ごめんな……ごめんな。俺がこんな身体になってしまったばかりに。んっんっ……」

（あああ。しびれてしまう）

今にも泣きそうな声で訴えながら、浩介は愛妻の乳首をしゃぶった。愛結子はせつない激情をこらえ、なおも夫の肉棒を祈りとともに何度もしごく。

だが今夜も、夫の陰茎はしなびたタラコのようだった。

身体は熱いほどなのに、男根だけはひんやりとし、いくらしごいても以前のような硬さは望むべくもない。

「ううっ、だめだ。こんなことしたってムダなんだ」

そして今夜もまた、長いことくり返されてきた同じ結末がふたりに訪れる。

浩介はやけを起こした。

愛結子の乳から顔を離すと、妻に背を向け、頭から布団をかぶる。

(ああ……)

吸ってはもらえなくなった乳からせつないうずきが広がった。まんまるにふくらむ乳房の先は、夫の唾液でべっとりとぬめったままである。

もっと吸ってほしかったと思いそうになっている自分に今夜も気づき、愛結子はあわててかぶりをふる。

枕もとのティッシュで乳を拭った。

浴衣の胸もとを丁寧にととのえ、なかに乳房をしまう。壮絶な欲求不満に襲われて、股のつけ根が不穏にうずく。

「あ、あなた……」

なぐさめの言葉など、なんの役にも立たないなどということは、とっくの昔にわかっている。

だが、妻への申し訳なさから自己嫌悪にかられて苦悶する夫を見ていると、胸をしめつけられるような母性本能にさいなまれた。

「あなた……」

もう一度、そっと声をかけた。

だが夫はかぶった布団の中で、もはやピクリとも動かない。

「…………」

愛結子はいつものように、自分もまた、ベッドの反対側に横たわる。夫に背を向け、深く息を吸って呼吸をととのえた。

(ああ……)

股間のうずきは、今夜もまがまがしかった。

そっとそこへと指を伸ばし、自分で欲望を解消できたらどんなに楽かと、せつなく女体をうずかせる。

(オ、オナニーがしたい……なにをはしたないことを思っているの、ばか)

甘酸っぱくしびれる胎肉を持てあましつつ、愛結子は自分をなじった。

不幸な事故に遭い、夫が苦しんでいるのである。

自分だけがこっそりと、品のない行為で欲望を解消することなどしていいはずがない。

（いいの。これでいいの）

火の点《つ》いてしまった自分の身体を鎮めようと、何度も大きく息を吸ってはそっと吐く。

女の悦びを教えてくれたのは夫だった。

女という生き物が持つ肉体が、これほどまでの歓喜をともなっているものだということを、夫と結婚するまで、ずっと愛結子は知らずにきた。

夫との行為で沸騰する身体は、本人ですら気づかずにきたものだった。

あまりの恥ずかしさにうろたえる愛結子を夫は――。

――恥ずかしがらなくていいんだ。夫の俺しか知らないことなんだからいいじゃないか。

そうなぐさめ、とまどう妻に興奮し、何度も何度も、この世の天国を教えてくれた。

今でも愛結子はあのころの、肉体の悦びを忘れていない。

だが、それはもう、過去のものとなったのだ。

そして、それでいいのである。

（あなた……私のことなら心配しないで……あなたひとりを苦しませたりしない……）

ちらっとうしろをふり返る。

浩介はこちらに背を向け、軽いいびきをかきはじめていた。

もとの体勢に戻り、愛結子はそっと目を閉じる。

身体の火照りがおさまるまでには、もう少し時間がかかりそうだった。

3

「少しやせたかしら、修さん」

「えっ。そうですかね……」

涼やかな声で言いながら、愛結子は上品な挙措でお茶を運んできた。

そんな義姉に緊張しながら、修はソファの中で居住まいを正す。

愛結子たちの家は、まさに上流階級そのものの暮らしぶりを感じさせる豪奢《ごうしゃ》な館であった。

俗世界の穢《けが》れのいっさいを拒むかのような、結界さながらの高い壁に囲まれた洋風の邸宅。

地中海の匂いを感じさせる南欧の家をイメージして建てたという広々とした屋敷は、修が梨花と暮らす家の軽く三倍は坪数がある。

修だって、決して梨花に貧しい暮らしをさせているわけではない。

これでも社長は社長である。

だがしょせん、成金なのかもしれない。

愛結子がとついだこの屋敷を訪れるたび、本当の金持ちというものの桁違いなすごさを痛感し、いつも修は彼我の差に嫉妬した。

今彼は、そんな愛結子の邸宅の、テニスコートかと見まがうような広大なリビングルームにいた。

開放的な窓からは暖かな日差しが燦々《さんさん》と降りそそいでいる。

窓の向こうに見えるのは、芝生の敷かれた広い庭だ。

暑い時季には三姉妹とそのつれあいがつどい、バーベキューパーティをしたことも何度かある。

「さあ、どうぞ」

「すみません」

高価そうなアンティークのローテーブルに、愛結子はふたり分の紅茶のセットと菓子盆を置いた。トレーを見えない場所にやり、彼女の定位置であるひとりがけのソファに座る。

「いったい、なにがあったの」

困ったように苦笑しながら、三十六歳の熟女は修を見た。

ぽってりとした、色っぽい朱唇から白い歯がこぼれ、エレガントな美しさが鮮烈さを増す。

この人と、こんなふうにふたりきりで向かい合うのは、今日がはじめてだ。

「え、ええ……」

話をふられ、修は恐縮して頭をかいた。

小さく音をたて、舶来ものらしき美味な紅茶をひとくちすする。

（やっぱりきれいだ、義姉さん）

チラチラと義姉に視線を向けるたび、胸をしめつけられる気持ちになった。

あふれ出す色香は、まさに三十代なかばの熟女ならでは。

楚々とした高貴さと隠しようのない色気のブレンドは、苦もなく男をそわそわさせる。

卵形の小顔は、妹たちと同様、抜けるような白さである。

しかし愛結子の持つ美貌は、クールなモデル系の次女とも、キュートな愛くるしさを持つ、小動物のような三女とも違う。

凜《りん》とした気品を感じさせる和風の美貌は、一重の美麗な瞳が印象的だ。たおやかなラインを描く柳眉の清純さも特筆ものである。

すらりと鼻すじがとおっていた。

唇はぽってりと肉厚で、ふるえがくるような官能味を、この和風の美女に与えている。

色白の小顔をいろどるのは、烏《からす》の濡れ羽色をしたストレートの黒髪だ。

背中まで届く美しい髪が、ちょっと動くたびサラサラと流れた。

窓ごしの陽光を反映し、見事なまでの天使の輪が頭の頂で揺れている。

（しかも、おおお……）

修はこっそりと、義姉の美貌から視線を下降させた。今日の愛結子はシックな藍色《あいいろ》のワンピース姿だ。

おそらく部屋着のはずなのだが、下々の者たちのよそいきの服よりはるかに上品な感じがする。

いつものように背すじを伸ばし、惚《ほ》れぼれするようなたたずまいでソファに座って脚をそろえていた。

（やっぱり、おっぱい、でかい）

たまらず視線が吸着してしまうのは、ワンピースの胸もとをふくらませる、見事なまでの豊乳だ。

小玉スイカをふたつ並べたかのような、ボリュームにあふれるおっぱいが息づまるほどの存在感を主張していた。

修の見たてではGカップ、九十五センチは軽くある。

三姉妹随一の豊満さ。

無防備に揺れる魅惑のまるみはいかにもやわらかそうで、いつだって修は夫の浩介がうらやましかった。

そんなあこがれのおっぱいを、今日はいよいよ……そう思うと、胸から全身に炭酸水が染みわたるような昂りが広がる。

「梨花から『相談がある』って聞いたときは、なんだかただごとではない気がしたのだけど……」

「え、ええ。すみません、心配させてしまって」

小首をかしげて聞いてくる義姉に、修は頭を下げた。

今日のこの日を迎えるまでには、梨花にも手伝いをしてもらっている。

愛結子への興味を打ちあけると、案の定、梨花は嫉妬に狂った。

だが、彼女には彼女の思いもあった。

長姉の不幸な身の上を思えば、自分たちだけが享楽的な生活をしていることに、罪の意識があったという。

そうした梨花の、愛結子への内緒の思いもあり、最終的に彼女は修の奸計に協力してくれた。

——相談したいことがあるの。義兄さんのいないときに、そっちに行ってもいい？

梨花はそう言って、お膳立《ぜんだ》てをととのえた。

そして、いったいなにごとかといぶかりながらも、愛結子が夫に内緒でお膳立てをととのえるや——。

——やっぱり私より、修さんに話してもらったほうがいいと思って。夫を行かせるから、彼から話を聞いてもらえる？

当日の予定を変更し、自分の代わりに修を行かせると愛結子に言ったのであった。その結果、こうしてここに、修は愛結子とふたりでいる。

(さあ、やるぞ)

修は自分をふるいたたせた。股間の一物は、愛結子の色香に当てられて、早くも半勃ちぎみにまでなっている。

小さくごぐっと唾を飲んだ。身体がしびれ、開いた唇がわずかにふるえる。

「じつはですね」

ソファから身を乗り出した。重苦しい顔つきを意識して修は言う。

そんな義弟に居住まいをただし、愛結子もわずかに身を乗り出した。

「驚かないでくださいね、義姉さん」

修は言った。愛結子がじっと見つめてくる。

「梨花のやつ……聡史くんとできちゃったんです」

「え……」

「…………」

「……ええっ！」

美しい熟女はややあって、はじかれたようにのけぞった。

両手の指を口に当て、驚いたように目を見開く。

4

「できちゃったんです。嘘じゃありません」

修はうめくように愛結子に言った。

持参したバッグからスマホを取り出す。

すばやく画面を操作して、もう何度オカズにしたかわからない、梨花と聡史のセックス動画を再生する。

「──ヒイィ」

こわごわと、愛結子は画面をのぞきこんだ。映し出されたものを見て、さらにはじかれ、ソファの背もたれに背中をぶつける。

画面の中では全裸の聡史が、四つんばいの梨花を犯していた。修はスマホに手を伸ばし、小さくしていたボリュームをあげる。

──おおおう。聡ちゃん、ち×ぽイイッ。ち×ぽ気持ちイイッ。おおおおう。

「や、やめて。やめて、修さん」

聞くに耐えない嬌声を聞き、愛結子はたまらず口ではなく耳をおおった。しかし、そんな熟女をあざ笑うように、さらに獣の叫びはつづく。

──おおお。もっとち×ぽで奥まで突いて。突いて突いて突いてああああ奥、気持ぢいい。奥、気持ぢいいよぅああああああ。

「やめてって言ってるの。やめなさい」

愛結子は血相を変え、引きつった声をあげた。

透きとおるように色白の肌が、一気に火照って紅潮している。熱でも出たかと思うほど、どこかぼうっとした感じになった。

仰天したのは嘘ではないだろう。

だが、禁欲生活を強いられた三十六歳の肉体は、驚きだけではすまないのではないか。

確実に、その心臓はドクン、ドクンと強烈な拍動をはじめているかに見えた。

「見てもらったとおりです」

修はすました顔で、スマホの映像をストップさせた。のけぞったままだった清楚な美女は、我に返ったように眉を八の字にする。

「お、修さん、あの――」

「梨花の代わりに謝ろうとしてくださっているのなら、その必要はありませんよ、義姉さん」

ソファから身を乗り出した愛結子を制し、修は再びスマホを操作する。

先ほどまでとは違う映像を呼び出した。

再生ボタンを押し、もう一度スマホを愛結子の前に置く。

──ああアン。あンあンあン。義兄さん、もっとして。もっともっとおおお。

「えっ、ええっ？」

二発目の爆弾は、さらに愛結子をパニックにさせた。

自分の見ているものが信じられない顔つきとは、まさにこれだろう。愛結子はまたしても両目を見開き、憑かれたように画面に見入る。

──はぁはぁ。気持ちいいかい、由岐ちゃん。

──気持ちいい。義兄さん、ち×ぽいいよう。ち×ぽいいよう。聡史さんより気持ちいい。うああ、うあああああ。

「ひ……ひぃいっ」

愛結子はたまらず身をよじり、画面から顔をそむけた。

それでも聞こえてくるハレンチな声に、ギュッと目を閉じ、耳をふさぐ。

「……とまあ、こういうわけなんです」

修は映像を止め、しれっとした表情で愛結子に言った。

「つ……」

彼を見る愛結子の顔つきは、先刻までとは別人のようだ。

穢らわしいものでもまのあたりにしてるかのように、恐怖とともに美貌をこわばらせる。

「なんなの……」

「……は？」

「あ、あなたたちは……いったいなにをしているの！」

こらえきれずに怒りが爆発したというふうだった。

楚々とした美貌をこわばらせ、心底軽蔑《けいべつ》すると言った感じで、眉をひそめて修をなじる。

「なにって……まあ、夫婦交換ですかね」

ポリポリと頭をかいて修は言った。

「ふ、夫婦交換って……」

あまりにあっけらかんとしている修のことを、理解不能だというように愛結子は見る。

唖然として口を半開きにしていた。修はニヤリと、そんな義姉に微笑む。

「でね、俺も聡史くんも、こんなことをやった結果、確信したことがあったんですよ」

本当は、先ほどから心臓がバクバクと打ち鳴りっぱなしであった。

堂々としているように見えるかもしれないが、それはあくまでも演技である。

どこにでもいる、小心だけれどとことんスケベな市井の民がここにもいた。

「……えっ」

修の言葉を聞き、愛結子の眉間《みけん》にしわがよった。なにを言うつもりなのかと、
嫌悪感に打ちふるえながら修の言葉を待っている。

「か、確信したことって……」

「それなんですけどね」

修は愛結子を見た。口がカラカラに渇いている。湿らせようと、ぬるくなり
はじめた紅茶を音をたててすすった。

「じつは、梨花も由岐ちゃんも……とんでもない痴女なんですよ」

「……チジョ？」

「はい」

「チジョ……えっ……」

「…………」

「……えっ！」

「チジョ」という言葉が、脳内でようやく「痴女」に変換したようだ。愛結子はギョッと硬くなり、フリーズした顔つきで修を見た。

「そうなんです。すごい痴女なんですよ、ふたりとも」

「あ、あの――」

「とにかくセックスが大好きで、旦那だけでは満足できない。たくましいち×ぽなしには夜も日も明けないってぐらい、メチャメチャ淫乱な女なんです」

「修さん……」

「義姉さんはどうですか」

いよいよ愛結子に襲いかかった。

まさかそんなことを聞かれる展開になろうとは、夢にも思わなかったに違いない。愛結子は「えっ」と硬い声で言い、修の目の奥をのぞきこむような顔つきになる。

「聞くところによると……浩介さん、今いろいろとたいへんなご様子で」

「──っ！　修さん……」

「義姉さんは梨花とも由岐ちゃんとも血がつながっています。姉妹です。似ていて当然です。そんな義姉さんが──」

「ちょ、ちょっと待ちなさい」

愛結子は哀れなぐらいその顔をこわばらせた。あわてて修の言葉をさえぎろうとする。しかし、修はゆずらない。

「そんな義姉さんが、EDになった旦那さんとの暮らしで、本当に幸せに暮らせているのか。本当は硬くてたくましい男のち×ぽが、ほしくてほしくてたまらないんじゃ──」

「やめなさい。やめなさい。無礼な」

ついに愛結子は爆発した。怒りも露に修をにらむ。

こんなに感情を剝き出しにした義姉を見るのは、はじめてだ。

なんの罪もない愛結子にこんな思いをさせることには、罪の意識があった。

だが同時に、修はさらにゾクゾクと、嗜虐の昂りを激しくする。

（俺の中に、こんなバチ当たりな性癖があったなんてな）

目の前の愛結子に心で謝罪しつつ、修は複雑な気持ちになった。

妻の不貞を知って以来、坂道を転げおちるかのようにして知らなかった世界に迷いこんだ。

しかも妖しいその世界は、知れば知るほど修をさらに業の深い世界へと引きずりこむ。

(すみません、義姉さん。でも、俺――)

「帰ってもらえて」

もはや顔を見るのもごめんだと言わんばかりだ。打ちすえるような語気とともに、あらぬかたを見て愛結子は吐きすてる。

そうとう怒っているのだろう。

むちむちとした熟れ女体は、絶え間なく小刻みにふるえている。

「帰りません」

こんな展開になることは、申し訳ないけれど想定内だ。

それでもやらずにはいられなかった自分という人間の異常さに、苦い笑いがこみあげてくる。

「なんですって」

修の返事に、さらに怒りにかられたようだ。

愛結子はキッと義弟をにらみ、別人のような激しさで嫌悪と怒気を美貌ににじませる。

「帰りませんよ。だって、確かめに来たんですから」

さあ、いよいよだ――修はソファから立ちあがった。

そんな義弟を見あげ、愛結子の表情がさっと変わる。冗談でしょと狼狽するように、端正な美貌に恐怖が生まれた。

「修さん……」

「義姉さんは幸せに暮らしているのかなって。梨花は痴女。由岐ちゃんも痴女。だったら、義姉さんだって……痴女なんじゃないんですか」

「ヒッ……」

じりっ、じりっと愛結子に近づいた。

愛結子は硬い顔つきで、ソファから尻を浮かせる。

「来ないで。こっちに来ないで」

たたきつけるような声は、うわずってふるえていた。

修は自分が無力な動物を襲撃する凶悪な肉食獣にでもなったような全能感をおぼえる。

「義姉さん、欲求不満じゃないですか」

「な、なにを言っているの。こっちに来ないで」

「ち×ぽならここにありますよ」

修は自分の股間をそっとたたいた。

「……ヒイィッ」

ようやく愛結子は気づいたようだ。修のそこは、すでにもの狂おしくテントを張っていた。

「修さん……」

「どうやって性欲を解消しているんですか。毎晩こっそりとオナニーですか。そんなことぐらいで、その身体を満足させられるんですか」

「帰って。今すぐ出てって」

「帰りません。質問への答えは……直接、義姉さんの身体に聞きます！」

「ヒイィッ」

とうとう修は愛結子に躍りかかろうとした。

愛結子はそんな修から、脱兎《だっと》のごとく逃げようとする。

かけていたソファから、スカートをひるがえして逃げ出した。

子供をはらんだししゃものようなエロチックなふくらはぎに、キュッと筋肉がしまって盛りあがる。

「ああ、義姉さん……」

「きゃあああ」

修は愛結子に背後から抱きついた。

勢いあまり、バランスを崩した美熟女は悲鳴をあげながら倒れこむ。

5

「義姉さん、どうなんですか。義姉さんも痴女ですか」

「ああああ」

ふたりして倒れこんだのは、毛足の長いフカフカの絨毯だった。背後からむしゃぶりつき、暴れる愛結子を力任せに拘束する。

「や、やめなさい。やめなさい。いやあ……」

愛結子は四肢をばたつかせ、なんとしてでも逃れようとした。

だが、そんなことをしても無駄なのだ。

暴れれば暴れるほど、修の腕は義姉の肉体をさらにしめつける。燃えあがるかのような劣情が、臓腑《ぞうふ》の奥からせり出してくる。

「ああ、義姉さん」

我知らず、万感の思いがあふれ出した。

高嶺の花だった。

梨花も由岐もいい女ではあるものの、愛結子はさらにその上にいる。義姉に対する内緒の想いは、誰にも明かせない修の中の最大のタブーだ。

かき抱く両手に、まがまがしい力が加わった。

狂おしい想いで清楚な熟女を抱擁し、乱れた黒髪をそっと払う。白いうなじは、ふるえがくるほど色っぽい。

はかなげなおくれ毛がもやついている。

熟れた首すじに修は荒々しくむしゃぶりついた。

「きゃあああ」

たまらず愛結子は引きつった悲鳴をあげる。一気に熱くなっていたその身体が、たまらずビクッと電撃にふるえた。

いつもほどよく香っていた高価そうな香水のアロマが思いがけない強烈さで鼻腔《びこう》を侵食した。

香水の陰に隠した愛結子自身の生々しい体臭も、秘めやかに鼻に飛びこんでくる。それは、どこかほんのりと甘かった。

(義姉さんの身体の匂い……ああ、義姉さんの……)

「感じますか、義姉さん。こんなことされたら、困りますか、感じてしまって。んっんんっ……」

……ちゅう、ちゅぱ。

「あああ。ちょ、やめなさい。なにをしているの。修さん」

「はぁはぁ。なにって、義姉さんを舐めていますす。本当のことを言いましょうか。俺、こんなふうに義姉さんを舐めて、舐めて、舐めまわしたかった……」

「ヒイイィ」

修が訴える声は、思わず間抜けにうわずった。

心からの、真摯《しんし》な想いに嘘はない。だが、こんな非道な状況では、結局のところただの性欲異常者だ。

（それでもいい）

修は開きなおった。こんな展開でもなければ、高嶺の花はつかめない。

修はとことん、非道な凌辱者《りょうじょく》になろうとした。

「ヒイィ。ヒイィィ」

ちゅぱちゅぱと、もの狂おしい接吻《せっぷん》で三十六歳の熟女を責めた。色白の首すじが、あっという間に生臭い唾液でベチョベチョになる。

「や、やめて。やめなさい。大声、出すわよ」

愛結子は渾身《こんしん》の力で暴れつづけた。なじるようなその声には、日ごろの彼女とは別人のような度しがたい怒りも濃厚ににじむ。

「大声なんか出したって、誰が来てくれるって言うんです。こんな大きな家にふたりきり。しかも、義兄さんはいない。んっ……」

「きゃあああ」

（おお、やわらかい！）

背後から両手で乳房を鷲づかみにした。

Gカップ、九十五センチはあるだろう見事なおっぱいは、期待していた以上のやわらかさだ。

「義姉さん、ああ、義姉さん、義姉さん、義姉さん、義姉さん」

ねちっこく、屈折した恋情とともにうなじを舐め、頬にキスをする。

そうしながら指を開閉させ、たわわな乳房を思いのままに、せりあげては揉み、せりあげては揉む。

……もにゅもにゅ。もにゅ。

「あああ。も、揉まないで。誰か、誰かあああ」

「誰がいるんですか。こんなでっかい家に住んでいるんだ。外になんて、声は届きやしない」

「ああ、ちょっと……勝手に脱がさないで。あああ……」

ワンピースごしに抱きしめるだけでは、すぐに飽きたらなくなった。

背中のファスナーを指でつまみ、一気呵成《いっきかせい》に腰まで下ろす。力をなくしたワンピースの布を、荒々しく熟れ女体からむしりとっていく。

「いや。いやいやいやいや。脱がさないで」

「脱がします。裸にします。義姉さんの裸が見たい」

「い、いや。いやあああああ」

むちむちした上半身から服を脱がせ、残るは下半身だけになった。まるまって腰にまつわりつくワンピースを、修はずり下ろそうとする。

「やめて。脱がさないで」

「脱がさなきゃ、裸が見られません」

「は、裸にしないで。裸はいや。いやいやいや。ああああ」

……ズルッ。ズルズルッ。

「あああああ」

いやがって、愛結子はワンピースを脱がされまいとした。

しかししょせんは、か弱い女だ。どんなに服をつかんでも、性欲の虜になった男にとうていかなうわけがない。

修はとうとう、あこがれの義姉の身体から服を脱がせることに成功した。

「ああ、義姉さん……」

露になったのは、まさに熟れごろの、うまそうな女体だった。

香水と体臭に加え、わずかに汗の気配がした。ふわりとたちのぼる濃密なアロマは、それらがブレンドされたものだ。

(こいつはすごい)

たまらずぐびっと唾を飲んだ。完熟の時期へと入った義姉の身体は、息づまるほどの官能味をたたえている。

きめ細やかな美肌が、暴れるせいでほんのりと薄桃色になっていた。

桜のエキスをミックスさせた、しぼりたての牛乳を思わせるかぐわしい色艶。指でつんとついたなら、甘い果汁が水鉄砲の水のように飛び出してきそうな熟れっぷりだ。

どこもかしこもやわらかそうで、男心をそそられる。そんな熟れ女体にシルクらしき、純白の下着が吸いつくように貼《は》りついている。

「はぁはぁ、はぁはぁはぁ」

「い、いや……」

ギラギラと脂ぎった修の視線に身をさらすことは、とうてい耐えられないという様子だった。愛結子は彼から身体をそむけ、まるくなって恥ずかしい部分を隠そうとする。

「ああ、義姉さん……」

「あああああ」

そんな愛結子の一挙手一投足が、すべて刺激的だった。修は改めて豊熟の女体に抱きつき、彼女を万歳の格好にさせる。

「やめて。やめて、やめて」

身体を密着させた。

うん。やはり、やわらかい。

義姉の身体は包みこまれたくなるような、魔性の柔和さを感じさせた。体熱がますます上昇し、ヒリヒリするほどになっている。

「義姉さん……」

至近距離で向かい合った。修は唇を求めようとした。

「きゃっ。いや……」

愛結子はあわてて顔をそむける。修は「だったら」と、不意打ちのようにまる出しの腋の下に口づけた。

「きゃあああああ」

そのとたん、愛結子は感電でもしたかのように、思いきり肉体を痙攣させた。喉からほとばしった大きな声も、つくろうすべもないガチンコなものだ。

「はぁはぁ。義姉さん、腋の下、ツボなんですね。んっ……」

露にさせた腋窩《えきか》はきれいに処理がされ、淫靡なくぼみを見せつける。

芳香剤の香りがした。この身体にいくつもある、性感スポットのひとつに間違いないと修は確信する。

「おお。んっんっ……」

「きゃあぁ。やめて。やめなさい。いや。ああああ」

いやがって暴れる身体を力任せに押さえつけた。

修は舌をくねらせて、愛結子の腋の下を猛然と舐める。

6

……ピチャピチャ。

「きゃあああ。やめて。舐めないで。いや、くすぐったい」

愛結子のパニックぶりはさらに増した。暴れ馬さながらの激しさで、右へ左へと身をよじる。

修はふり飛ばされそうになった。

そうはさせじと、いっそうグイグイと体重を載せ、腋窩を執拗に、舌と唇で舐めしゃぶる。

「いやあ。舐めないで。くすぐったい。どうしよう。困る。困る。あはは、あははははは」

「おお、義姉さん、くすぐったいの。笑ってるの。んっんっ……」

……ピチャピチャ。

「わ、笑ってない。やめて。だめ。笑ってなんか。あはは、あはははは」

「笑ってるじゃないですか」

「違うわ。違うわ。あなた、あなたあああ、あははは、あはははは」

修を心底いやがって、暴れている事実に嘘はない。それでも腋の下を舐められて、愛結子は意志とは裏腹な笑い声をあげてしまう。

暴れる肢体に、いっそう汗がにじみ出した。

うららかな昼日中の陽光に映える熟女の肉体は、匂いやかなまぶしさと滋味に富んでいる。

そんな身体が、さらに生々しい火照りを強めた。甘い匂いも濃さを増し、なぜだか乳臭さもいっそう加わる。

修は確信した。

やはりこの人も痴女である。きっとこの人は、自分のこんな身体に恥じらいながら、ひた隠しにして生きてきたのだ。

「そらそら。感じてください、義姉さん、義兄さんにもこんなことしてもらってますか。でも、ち×ぽがないんじゃ、結局、欲求不満ですよね。んっ……」

「あははは。やめて。やめなさい。もう、いや。あははは。うーうー」

しつこくつづけられる腋の下への責めに、愛結子は暴れ、笑いながらも同時に嗚咽しはじめた。

おのがペニスを誇示するように、修がスラックスごしの猛りを擦りつけると、そのたび愛結子は痙攣しつつも、逃げるように尻をふる。

「舐めないで。お願い。い、いや。そんなのくっつけないで。うーうー。あははは、あははは。うーうー。あーあー。あーあーあー」

「……義姉さん」

「いや、こんな身体、嫌い。大嫌い。うーうー。あーあーあー」

「おおお……」

笑い声につづき、胸をしめつけられるような嗚咽がもれたかと思うと、今度は糸を引くような、艶めかしい淫声がこぼれ出した。

「義姉さん、感じるんでしょ」

「違うわ。感じてない。あなた、あなたあ……」

「嘘をついてもわかりますよ。こんなふうに舐められるの、久しぶりなんじゃないですか。よかったら、あっちもこっちもとことん舐めてあげましょうか」

「ああああ。だめ。だめだめ。お願い。ああ……」

ワンピースにつづき、修は下着に指を伸ばした。愛結子はハッと我に返り、そうはさせまいと抵抗する。

しかし、その身体にもはや、先刻までの力はなかった。

腋を舐められただけだというのに、早くも痴女の肢体からは、抵抗の力が抜けはじめている。

「やめて。裸にしないで。いやあ……」

「裸にしなきゃ、乳首もマ×コも舐められません。ほら……」

「だめ。だめだめ。許して。ああ……」

引きちぎるかのようにして、胸からシルクのブラジャーを脱がせた。

この隙を逃してはならじと血気にはやり、豊満な股間に吸いつくパンティもブラジャーにつづいてズルズルと脱がせる。

(うおおっ。うおおおっ！)

「ああ、いや。見ないで。いやああ……」

とうとう修の目の前に、魅惑の裸身が露になった。

「こ、これは……」

思いがけない愛結子の裸身に、思わず修は息を呑む。

あこがれつづけたいとしい痴女は、ただ痴女であるというだけではなく、身体のパーツも清楚な美女とは思えぬほどのいやらしさだ。

「いや。見ないで」

恥じらう愛結子はまたしてもまるくなろうとした。

「隠さないでください」

「あああ」

修はそんな義姉を制す。おおいかぶさる体勢で、またしても愛結子に万歳をさせた。

「いやあ……」

「ううっ、義姉さん……乳輪、こんなに大きかったんですね！」

「ヒイィ。そんなこと言わないで。いやあああ」

修の指摘に、愛結子は引きつった声をあげた。

隠そうとして、万歳をさせられた両手をふりほどこうとする。しかし、修はそんな手首をさらに強くギリギリとつかむ。

（こいつはすごい）

たっぷたっぷと揺れるおっぱいは、小玉スイカ顔負けのボリュームだった。

そのうえ、ゼリーかと見まがう動きでよく揺れる。

そんな乳房を見るだけでも、股間のエレクトはよけいに硬さを増した。

しかも愛結子の乳輪はかなり大きめな円を描き、乳の頂で存在感を主張している。

（デ、デカ乳輪！）

修はうっとりと、愛結子の乳輪を見た。

長女の乳輪はただ大きいだけでなく、色もまた妹たちと違う。

西洋人さながらのピンク色を強調し、サクランボのように大ぶりな豆粒をぴょこりと卑猥に突き出している。

「乳首も大きい……はぁはぁ。こんな乳首を持っていたら、こうされるとたまらないんじゃないですか」

指摘する声はたまらずふるえた。

修は愛結子に万歳をさせたまま、舐めてほしそうに勃起したピンクの乳首をれろんと舐める。

「あああああ」

……ビクンッ！

すると、愛結子は背すじをのけぞらせ、耐えかねたような嬌声をあげる。

そんな自分にすぐさま気づき、表情を引きつらせた。意味深に見つめて口の端をつりあげる修に、いやいやとかぶりをふって訴える。

「な、舐めないで。そこ、舐めないで。わ、私には……私には主人が――」

「その『主人』にしっかりかまってもらえないから、こんなになっちゃってるんでしょ。んっ……」

……れろん。

「あああああ」

今度は反対の乳首を舐めた。またしても愛結子は感きわまった吠え声をあげ、天へとあごを突きあげて、ビクビクと裸身をふるわせる。

「おお、すごい……」

「違うの。これは違うの。わ、私は――」

「こんなふうにされたかったでしょ、義姉さん」

あまりに浅ましい自分にうろたえたか。愛結子は一重の瞳に涙をにじませ、必死に取りつくろおうとした。

しかし修は、そんな義姉にみなまで言わせず、わっしと両手に乳をつかむ。

「ハアアァアン」

（おお、エロい声）

「こうされたかったでしょ、義姉さん。こんなふうに乳を揉まれて……」

……もにゅもにゅ。もにゅ。

「あああ。だめえええ」

鷲づかみにした乳房は、じっとりと汗を噴き出させ、淫靡な湿りを帯びていた。そんなおっぱいを、少し強めにせりあげて揉めば、愛結子はとり乱した声をあげ、恥じらいとまどいを露にしながら身をよじる。

「だめ。あっあっ。許して。ンアアァ……」

「でもって……こんなふうに乳を吸われて……んっ」

……ちゅうちゅうちゅうちゅう。

「うあああああ」

片房の頂にむしゃぶりつき、すぼめた唇で乳首をしめつけた。わざと下品な音をたて、乳首をしゃぶっては舌ではじく。

すると、愛結子はますます痴情を露にし——。

「ああ、やめて。いや、困る。ああン、そんなことされたら——」

「こっちもしてほしくなっちゃいますか。んっ……」

「あああ。だめ。やめて。お願い。あああああ」

右の乳首から左の乳首。つづいてまた右、左へと、たえまなく乳を揉みながら、舐めしゃぶる乳芽をさかんに変えた。

そのたび愛結子は、おもしろいほど裸身を痙攣させる。

「あああ、あああああ」

つくろうすべもない声をあげ、隠した本性を徐々にさらす。

「やっぱり義姉さんも、こういう人だったんですね。ねえ、オナニーはしているんですか。オナニーをしないと、つらくてたまらないでしょう」

修は昂りながら、言葉でも愛結子を責めたてた。

「し、しないわ。そんなはしたないこと、するもんですか。ああああ」

しかし愛結子はかぶりをふり、修の言葉を否定する。

それは、まんざら嘘でもない気が修にはした。

「えっ。オナニー、していないんですか。それじゃ、つらくてたまらないでしょ。だからよけい、こんなに感じているんですか。そらそら」

……ピチャピチャ。

「うあああ」

「そらそら。そら」

……ちゅうちゅぱ。ピチャ。ねろねろ。

「ああああ。やめて。やめて。どうしよう。ああああああ」

「おお、いい声。そうですか、オナニーもしてないんだ。浩介義兄さんを想って、耐えてたんですね。でもそうなると……ココがかわいそうでならない！」

訴える声は、我知らずまがまがしさを増した。

汗ばむ女体を下降して、修は身体の位置を変えた。

7

「ヒイィ。修さん……」

「ああ、義姉さん」

閉じたがる太腿の間に陣どった。いやがって暴れる美脚は惚れぼれするほどのムチムチぶりだ。

修はそれを大胆にガバッと開脚させた。

「きゃあああ」

(うおおおっ！)

あらためて、眼下にとらえた眼福ものの光景に、修はペニスをうずかせる。

美しい痴女が股間に秘め隠す肉貝は、熟れた大人のいやらしさを息づまるほどにアピールする。

くぱっとラビアが左右に開き、生々しさあふれる粘膜が蓮の花状に開花していた。

ドロッとしたとろみが、肉膜の園一帯にあふれ出している。

愛結子がさらすそこからは、熟れごろの果実を思わせる完熟の香りがした。果実。そう、これはまるでマンゴーのようだ。爛熟《らんじゅく》したマンゴーの果肉がどろどろにとろけ、あえぐかのようにひくついている。

（ああ、いやらしい）

修はぐびっと唾を飲んだ。

これはまた、いかにもものほしげな果肉である。

せつない、せつないと修に訴えるかのように、ヒクン、ヒクンと蠕動しては、そのたび煮こんだ愛液を、膣穴のくぼみからしぼり出す。

そのうえ――。

「ね、義姉さん、なんですか、この剛毛マ×コ！」

修は歓喜を露にし、愛結子にそれを指摘した。

「ああ。そ、それ言わないで。そこ、見ないで。いやあああ」

そんな修の指摘を受け、愛結子は駄々っ子のように身を揺さぶった。あらがう女体を拘束し、なおも修は秘丘を凝視する。

剛毛。まさに、そうとしか形容しようのない密林地帯だった。縮れた黒い毛がもっさりと繁茂し、無数の陰毛が好き勝手な方向に毛先を突き出している。

ヴィーナスの丘のほとんどが秘毛でおおわれ、ワイパーで描いた形のような煽情的な眺めを見せつける。

「義姉さん、最高ですよ」

世辞でも揶揄《やゆ》でもなく、心からの思いを愛結子に伝えた。

これほどまでに楚々とした大和撫子の股のつけ根が、こんなにいやらしいモジャモジャぶりだなんて、神さまはよほどのおかたである。

「んっ……」

……ピチャ。

「ああああ」

「んっんっ。ああ、すごい濡れてる。義姉さん、義姉さん、んっんっ……」

……ピチャピチャ。ねろん。れろっ。

「ああああ。だめ。だめだめ。あああああ」

突き出した舌で、修はクンニリングスの責めをした。

思いきり舌を跳ねあげて、粘膜湿地を舐めあげる。

心地よい凸凹とともに、メカブだかオクラだかを思わせる濃厚なとろみがねっとりと舌にまつわりついた。

しかも愛結子のよがりかたは、先ほどまでの比ではない。

「だめ。舐めないで。ああ、そんなことしたら……うああ。あああああ」

「おお。義姉さん、すごい声。気持ちいいですか。んっんっ……」

……ピチャピチャピチャ。

「うああ、あああああ。どうしよう。やめて。そんなことしちゃだめ。そんなことされたら……あああああ」

「そんなことされたら、なんですか。そらそらそら」

「あああああ」

(マジですごい)

のたうつ女体を渾身の力で拘束し、ぬめる肉割れを舌で激しく蹂躙した。

日ごろの挙措が上品で、奥ゆかしさに満ちた女性であるため、恥悦を剝き出しにした今の愛結子は、すさまじい破壊力で修を興奮させる。

「ね、義姉さん、マ×コ気持ちいいですか」

「知らない。知らない。あああああ」

「ちゃんと言わないと、舐めるのやめますよ。いいんですか」

さらに激しく媚肉を舐めながら、修はブラフをかました。

……ねろん。ねろねろ。

「うああ、あああああ」

「オマ×コ、気持ちいいですか」

「知らない。知らないって言っているの。あああああ」

それでも愛結子は答えない。

(これならどうだ)

修は受けて立つことにした。

ドSな気分で、クンニリングスを中断する。

「うあああああ」

修を見あげてくる愛結子の目つきは、哀切なまでの凄艶《せいえん》さだ。

だめ、やめちゃいや、という本音を露骨なまでに剝き出しにしつつ、それでもつましい美熟女は——。

「あうう。あう。あううう」

横臥して身体をまるくする。

しかし、それだけではたりないようだ。うつ伏せになってまるくなる。祈りを捧げるかのような格好になり——。

「あうう。あう、あううう」

「ね、義姉さん……」

愛結子はガクガクと、熟れ裸身をふるわせた。

いきなり刺激の注入をストップされ、あきらかに苦しんでいる。

火の点いてしまった淫らな肉体を放置プレイの状態にされ、さながらこの世の生き地獄で、最後の理性をふりしぼって戦っていた。

「あう。あう、あう。あうう」

「おお、義姉さん……」

「み、見ないで、お願いだから、こんな私。あうう。向こうに行って。これ以上されたら……私……私——」

（おおおおっ……！）

天に向かって高々とヒップを突きあげた体勢だった。大きな白桃さながらの豊熟尻が修に向かって突き出される。

ふたつの臀肉の間では、アヌスがせわしなくひくついた。

見ればなんと肛門も、卑猥なピンク色ではないか。秘肛がピンク色をしている女性を、修ははじめてナマで見た。

しかも、太腿の間から見える女陰は、先ほどまで以上のドロドロぶりだ。

アヌスに負けじとひくついて、ヨーグルトさながらの白濁蜜を、ニヂュチュ、ブチュチュとしぼり出す。

（おおお。こいつはたまらん……た、たまらん！）

修はすばやく全裸になった。まろび出た怒張は、腹の肉にくっつきそうなほど勃起していた。

8

「はぁはぁ。ね、義姉さん……これでしょ。今の義姉さんの頭の中にあるのは、これを意味する三文字でしょ」

「あぁあ……」

まるくなる熟女の腰を引っぱり、四つんばいの体勢にさせた。

愛結子は逃げようとするものの、もはや身体は妖しくしびれ、彼女の理性に追いつかない。

「お願い、やめて……やめてぇぇ……」

「おお、義姉さん……義姉さん！」

そんな愛結子の背後で、修は態勢をととのえた。

膝立ちになってにじりより、猛る勃起を手に取る。白濁した涎を垂らす肉壺に、ズブリとそれを挿入した。

「ぎゃあああ」

「わわっ」

ズズンと容赦なく、亀頭で奥までえぐり抜いた。

すると愛結子は、彼女とも思えぬすさまじい声をあげ、はじかれたように絨毯に両手を伸ばしてつんのめる。

そんな愛結子に引っぱられるようにして、熟女の背中におおいかぶさった。

愛結子はすでに、汗のしずくを噴き出させている。灼熱《しゃくねつ》の肌と擦れて修の裸身は、ヌルッとすべりそうになる。

「あう……あう……あああッ……」

「義姉さん……」

(す、すごい)

修は息を吞む。

愛結子は、達してしまっていた。

絶え間なく汗みずくの裸身をふるわせ、清楚な美貌をこわばらせる。

「うー。うー、うー、うー」

理性などでは、どうにもならない絶頂痙攣を見せた。

首すじを引きつらせ、奥歯を嚙みしめる。しとやかな義姉とも思えない顔つきになって、アクメの恍惚感を全身で伝える。

(ああ、すごく濡れてる)

修はうっとりと目を閉じ、今度は男根に感じる蜜壺の感触を味わった。

狭隘な牝路は、まるで吸いつくような密着ぶりだ。ピタリと極太にフィットして、ザラザラとヌメヌメを伝えてくる。

あだっぽい淫肉は、それ自体が独立した命を持つ生物のようだった。

波打つ動きで蠕動して「早く動いて。早く、早く」とねだってでもいるかのように、亀頭を、棹を甘じめしては、耽美な刺激を注ぎこむ。

蠢動《しゅんどう》のしかたには緩急があった。強く、弱く、また強く。まさに絶妙の締めつけぶりで、男の情欲を刺激する。

「おお、義姉さん、わかりますか。ずっと義姉さんの頭の中にあった三文字のアレですよ」

そう言うと、修は愛結子に脚を開かせた。

「ハアァ……」

力なく突っぷした愛結子は、なおも痙攣しながら、されるがまま、ムチムチした両脚をコンパスのように開く。

修はそんな愛結子にうしろから抱きつくと——。

「ち×ぽ」

——ズズン！

「うあああ」

愛結子の耳に下品な卑語を注ぎこみ、再び亀頭で奥までえぐる。

「や、やめて……」

「ち×ぽ。ほら……ち×ぽ」

——ズズン！

「あああああ。修さん、やめて。そんな言葉、耳に吹きかけないで」

「ち×ぽ」

——ズン、ズズン！

「うあああ。いや、その言葉いやあああ」

「ち×ぽ。ち×ぽ。ち×ぽ」

――ズズン！　ズズズン！

「あああああ」

「おお、義姉さん、義姉さんがほしかった……ち×ぽ」

――ズズズン！

「うああ、あああああ、ああああああ」

「お、おお……はぁはぁはぁ」

愛結子の中で、なにかがプツンと完全に切れた。

修には、それがわかった。

寝バックの体勢でカクカクと腰をふり、ぬめる卑猥な牝肉に、カリ首を擦りつけては奥までえぐる。

「あああ。修さん、ああ、修さあああん」

「義姉さん、ち×ぽですよ。ち×ぽどうですか」

「やめて。そんなこと、ささやかないでえええ」

「オマ×コ、気持ちいいですか」

修の卑語に反応し、我を忘れる愛結子にささやいた。

「うあああ。やめて。いやらしい言葉、言わないで」

「義姉さんのマ×コ気持ちいい。ヌルヌルして、俺のち×ぽに吸いついて……

ねえ、義姉さんは？」

「いやあああ」

「オマ×コ気持ちいい？」

「ああ、あああああああ」

人が変わったような乱れかただった。吠える愛結子の身体のふるえを、ビリビリと修はリアルに感じる。

あんぐりと口を開けていた。口の端からダラダラと泡だつ涎が大量にもれる。細く開いた瞳には、せつない官能のぬめりがあった。

もはや、いやらしくて気持ちのいいことしか義姉の頭にはないはずだ。

それが痴女。それが本能。もはや完落ち寸前の横顔である。

「義姉さん、ち×ぽ気持ちいい？」

「あああ。あなた、ごめんなさい。どうしよう。どうしよう。あああああ」

「ち×ぽ、気持ちいい？」

「ああああ、あああああ」

「くうぅ、義姉さん」

あともう少しだとは思うものの、なかなか落ちきってくれなかった。あまりに女陰が気持ちよくて、こちらが先に射精してしまいそうになってくる。

「ああ、義姉さん、義姉さん……」

「あああ……」

汗まみれの腰をつかみ、四つんばいの体勢に戻した。

いよいよ怒濤のピストンで、淫汁まみれの密壺を肉スリコギでかきまわす。

──パンパン！　パンパンパンパン！

「あああああ。おおおおおおおっ」

バックからガツガツと突かれ、愛結子は淫らな獣になった。

汗のせいで、艶やかな黒髪が背すじに貼りつきながらサラサラと動いている。

「おお、義姉さん……気持ちいい。最高だ」

修は腰をしゃくり、射精寸前の鈴口を膣ヒダに擦りつけた。

甘酸っぱい快感が火花のようにまたたき、そのたび脳天に突きぬけては、脳髄をつらぬいて麻痺《まひ》させる。

みるみる自分の脳味噌《のうみそ》が、形くずれ寸前の豆腐のようになるのがわかった。

気持ちがいい。ただひたすら気持ちがいい。

長いこと慕いつづけた痴女の膣に、亀頭を擦りつける悦びの、なんと下品で耽美なことか。

「おおう。修さん、おおう、おおおおおっ」

四つんばいの淫牝は、声を限りに吠えていた。

このおとなしそうな人の喉から、これほどまでのすごい声が出ることに、修は燃えあがるような劣情をおぼえる。

あともう少しで、完落ちさせられるはずだ。

それなのに、もはや修は限界だ。

掘り当てた温泉さながらの勢いで、股のつけ根の奥深くから泡だつ塊がせりあがってくる。

(ああ、もうイク!)

「あおおうおおう。ああ、修さん、私……私イィン……おおおおっ」

「義姉さん、出る……」

「おおおおっ。おおおおおおおっ!!」

――どぴゅどぴゅ！　どぴゅどぴゅどぴゅ！

愛結子はまたしても、はじかれたように絨毯につんのめった。そんな熟女と性器でつながったまま、修も熟女のあとにつづく。

(気持ちいい……)

このところ、快感の強い射精とともにフィニッシュを決める機会が増えていた。だが今日のこの射精には、また格別な趣きがある。

裸の肌を重ね合ったまま、修は目を閉じ、エクスタシーにひたった。

男根は、義姉の女陰に根元まで、ずっぽりと埋まっている。

音さえたてそうな荒々しさで、何度も陰茎が脈打った。うなりをあげたザーメンが、そのたび豪快に撃ち出される。

愛結子の子宮もまた、絶頂の痙攣をくり返していた。そんないやらしい子宮口に、ビチャビチャと精子をたたきつける。

そんな義弟の、横暴としか言いようのない勝手な中出しに、まだなお痴女になったまま、美しい長姉は派手に身体をふるわせる。

「あ……ああ、はうぅ……出しちゃだめ……中に、なんて……ひどい……ひどい……ああああ……」

耽美な恍惚にひたりながらも、中出しされている現実に、愛結子は悲愴な声をあげた。

「あなた……あなたああ……ごめんなさい……私ったら……なんてことを……あうう……」

「はぁはぁ……義姉さ——」

「なにをしている！」

そのとき、思わぬ怒声がリビングにひびいた。

修は飛びあがりそうになる。あわてて声のしたほうを見た。

(最悪だ)

リビングの入口に男が立っていた。

浩介である。

自分が目にしているものが信じられないとでも言うように、愕然《がくぜん》と目を見開き、怒りにかられて眉をつりあげた。

「――ヒイィ。あなた」

我に返ったのは、愛結子も同じだ。

修は義姉の膣からちゅぽんとペニスを抜く。

「アァン……あ、あなた、あの、これは――」

性器がおぼえた快感に、たまらず愛結子は甘い声をあげてしまう。急いで絨毯から起きあがり、両手で胸と股間を隠し、絶望の表情で夫を見る。

（あっ）

つかつかと大股で浩介がこちらに来た。

握りしめた拳《こぶし》が小刻みにふるえている。

躍りかかってきた。修は頭を抱えて、まるくなろうとする。

そんな彼のあごに、愛結子の夫の鉄拳《てっけん》がすさまじい力でめりこんだ。

第五章　人生最高の射精

1

「あなた、おやすみなさい」

「ああ、おやすみ。今日もありがとう」

「ううん。そんな……」

愛結子にやさしく微笑むと、夫は布団の中で背を向けた。

そんな浩介の姿を見届け、愛結子も自分の布団に入る。

かけ布団で身体をおおった。

明かりを落とした部屋は、思いのほか暗い。いつも使っている二階の寝室ではなく、一階にある十二畳の和室に床を延べていた。

――せっかくこんなに部屋があるんだ。しばらく、気分を変えて別の部屋で寝よう。

そんなふうに主張する夫に言われるがまま、この和室で床に就くようになって、今日で三日である。

「ぐごっ……」

「……」

今夜も浩介は、早くもいびきをかきはじめた。

ほどよく口にした寝酒のせいで、苦もなく睡魔に負けたようだ。

「ふう……」

ようやく今日も、緊張感から解放された。畳に敷いた自分の布団の上で、愛結子は重苦しいため息をつく。

修ととんでもないことになってしまってから、二週間近く経っていた。

禁忌な現場を夫に見られたとわかったときは、奈落《ならく》の底に落ちていくような気持ちになった。

しかし浩介は、決して愛結子を責めようとはしなかった。

修に対しては怒髪天を衝き、容赦ない鉄拳制裁で、鼻血が出るほど彼をなぐったが。

――愛結子は悪くない。すまなかった。俺がひとりにさせたばかりに……。愛結子はそんな夫に、複雑な気持ちになった。

愛する妻に対しては、むしろ自分の非をわび、同情さえしてくれた。愛結子はそんな夫に、複雑な気持ちになった。

――私は悪くない……そうかしら。本当にそうかしら。

そんなふうに、自分を責める気持ちが強かった。浩介が擁護してくれればくれるほど、逆に罪悪感は、際限なくふくれあがった。

それというのも――。

（あっ……だ、だめ。思い出さないで）

愛結子は今夜も、ギュッと目を閉じる。思い出してはならない記憶が、脳内いっぱいによみがえった。

あの日、愛結子は背中に修の裸身の熱さと、圧迫感をおぼえた。ぬかるむ腹の奥底には、それ以上に熱い異物の感触がしっかりとあった。

久しぶりだった。泣きたくなるほどだった。

しかしそれは、決して歓喜などしてはいけないペニスだった。

そして、修はささやいたのだ。愛結子の耳に。いやらしい声で。聞いてはならないその言葉を。

（だめ。だめだめ。思い出さないで、愛結子）

愛結子はたまらず寝返りを打ち、夫に背を向けた。

首をすくめ、両手の指で耳をふさぐ。

（あぁあ……）

それでも修のささやきは、愛結子の耳をいやらしく舐めた。鳥肌が立つほどの空耳に、愛結子は身をこわばらせて苦悶する。

（思い出さないで。思い出さないで。あぁあ……）

胎児のようにまるくなり、思わず太腿を合わせた。

そのとたん、愛結子は悲鳴をあげそうになる。

股のつけ根がキュンとうずいた。

昨夜もそうだった。一昨日もだった。しかし今夜のうずきかたは、昨晩までの比ではない。

「あぁぁ……」

愛結子は浮きたった。寝返りを打ち、反対側を向く。

夫が背中を向けていた。罪の意識が高まって、またしても愛結子は逆を向く。

（困る。困る。どうしよう。うう……）

愛結子は首をすくめたまま、朱唇を嚙みしめてかぶりをふる。

修のいやらしいささやき声が、鼓膜と脳髄に妖しくひびいた。股のつけ根の卑猥なうずきが、ますます度しがたいものになる。

思い出したくもない、いまわしい記憶のはずだった。

どうしていいかもわからないまま、誰にも言えずに今日まできた。梨花からなんの連絡もないということは、修も彼女に告げてはいないのだろう。

ややこしくなってしまった姉妹の間柄、義弟との関係に、愛結子は胸を痛め、とほうに暮れていた。

しかし、彼女をとまどわせるのは、そうした事柄だけではなかった。

嵐のようなあの日の出来事に翻弄《ほんろう》された身体は、愛結子の意志とは裏腹に、ずっと淫らな感覚を熾火《おきび》のように残していた。

（ああ、困る……どうしよう、どうしよう。私――）

――オナニーがしたい。

（ヒイィ……）

はっきりと、言葉にして思ってしまった。

誰にも言えない内緒の思い。口にするのはおろか、思うことすらはばかられる、なんとはしたない禁忌な渇望。

愛結子はそれを、意志の力で抑えつけてきた。

だが、ひとつのベッドで寝るのではなく、布団が別々になってからは、さらにせつない欲望が増した。

この距離でなら、ばれずに自慰ができるのではないか。ベッドの揺れや夫との近さを気にすることなく、思う存分……思う存分――。

（だめ。だめだめだめ）

愛結子は懸命に自制をしようとした。何度も股間に手が伸びそうになる。そのたび熟女は、はじかれたように股から指を遠ざける。

――ち×ぽ。

「あぁぁ……」

修のささやきが鼓膜を、脳髄を、妖しく酔わせた。

ふしだらに子宮がじゅわんとうずく。

ギュッと強く腿をしめつければ、閉じた肉貝の合わせ目から、不埒《ふらち》な蜜がしぼり出された。

(ああ、私……なんて女なの……オナニーが……オナニーがしたい!)

──ち×ぽ。

「ううう……」

──ち×ぽ。ち×ぽ。

「い、いや……はぁはぁ。はぁはぁはぁはぁ」

身体の火照りが一気に増した。股間がうずき、意志や理性の力では、あらがいがたくなってくる。

たくましい男根の熱さと硬さを思い出した。

豪快な抜き差しで膣肉をえぐられるしびれるような快さが、甘酸っぱさいっぱいに股間からよみがえり、愛結子を苦しめる。

「あ……あぁぁ……」

(だめ。だめだめだめ……愛結子……)

これは二度目の裏切りだ。わかっている。

こともあろうに修の男根を思い出し、自慰にふけろうとしているのだ。これが裏切りではなくて、いったいなんであろう。

しかしそれでも、もはや愛結子は自分を抑えられない。

(も、もうだめ。もうだめ……！)

「あぁぁ……」

パジャマのズボンの縁から、スルリと指をすべらせた。パンティのなかにも指先をくぐらせ、剛毛の繁茂を下降させる。

……ニチャ。

「──っ」

指先が、クリトリスの勃起を探りあてた。指の腹がそこに触れるや、まばゆいほどの電撃が、しぶく強さで陰核から噴く。

「あ……ぁぁ……ぁぁぁ……」

……くちゅっ。くにゅくにゅ。

(ああ、き、気持ちいい……気持ちいい！)

とうとうしてしまったと、うしろめたい罪悪感でいっぱいになった。自分の顔がこわばっているのがよくわかる。

夫を見た。

心地よさげな高いびきが、高く、低くうねっている。

「あぁぁ……」

大丈夫。ぐっすりと寝ている——そう思うと、もはや愛結子は我慢できなかった。

仰向けになり、膝を立てて脚を開く。

パンティにくぐらせた指を蠢《うごめ》かせ、はしたない動きで牝の肉芽を、夢中になって擦りたおす。

……くにゅっ。くにゅくにゅっ。

(あああ。あああああ。き、気持ちいい。ごめんなさい、あなた。でも、もうだめ。我慢できない。我慢できないの。あああああ……)

分娩台《ぶんべんだい》に横たわった妊婦のような格好で、愛結子は品のない自慰にふけった。

泣きたくなるような気持ちよさが、股間から全身に、ふしだらな快さを伝染させていく。

「あぁ……あぁあぁ……」

（気持ちいい。気持ちいい。ああ、どうしよう。気持ちいい！）

うっとりと目を閉じ、恥ずかしい行為にどっぷりとおぼれた。

脳裏によみがえらせるのは、激しく犯されたあの日の一部始終だ。

（た、たくましかった……硬くて、熱くて……あ、あんなものにアソコをえぐられたら……私……私……ああ、あああああ）

「……ち×ぽ」

またも鼓膜を空耳がふるわせた。

（ああ、感じちゃう。いやらしい言葉で感じちゃう！）

なんと下品な女なのかと思いつつ、愛結子はもう耐えられない。目を閉じたまま、浅ましい行為にさらにおぼれる。

「……ち×ぽ」

（……えっ？）

そのとき、ふと違和感をおぼえた。

なんなの、この生々しい感じは。空耳に、熱い吐息まで混じるなんて……。

「興奮するよ。義姉さんみたいないい女のスケベなオナニー」

(──っ)

愛結子は飛びあがりそうになった。

違う。これは空耳なんかではない。

あわてて目を開けた。ささやき声のしたほうを向く。

(えっ、ええっ)

自分の目を疑った。

どうしてこんなことが起きているのだ。どうしてこんな時間、こんなところに、修がニヤつきながら横たわっているのだ。

2

「ヒイィ──」

「おっと、だめだめ」

愛結子は大声をあげそうになった。そんな義姉の口を一瞬早く、浅黒い指で修は強引にふさぐ。

「むぐぅ……んんんっぐぅ」

愛結子はパニックになっていた。

大きく目を見開いて「どうして。どういうことなの」と訴えるように、暴れながらこちらを見る。

しかし、修は答えなかった。

いやでもそのうち、すべてがわかる。そんなことより、愛結子の身体だ。

いやらしい発情を露にした、義姉のいやらしい身体への焦げつくような渇望に、衝きあげられる心地になる。

「義姉さん、とうとうオナニーしてしまいましたね」

修はねっとりとしたささやき声で愛結子を揶揄した。

もともと淫靡に紅潮していた、義姉の顔がさらに火照る。闇の中でも清楚な美貌が、ますます赤さを増したのがわかる。

「ううんッグゥ……」

「それでいいんです。それが人間ですよ。あれ、もうしないんですか」

愛結子の両手は、自分の口から離そうと修の前腕をつかんでいた。股間にくぐっていたほうの指が、艶めかしいぬめりをたたえていることを、修は見逃さない。

「ううう……」

「もうしないの。じゃあ、代わりに俺がしてあげますね」

そうささやくや、片手で愛結子の口を封じながら、かけ布団を完全にはだけさせた。

「ンンゥッ……！」

電光石火のはやわざで、乱れたズボンの縁から、義姉の股間へとゴツゴツした指をくぐらせる。

……ネチョッ。

探りあてた。造作もなかった。熟女のクリ豆はせつなくしこり、早くも淫らな官能のとがり芽と化している。

「あぁぁ……！」

「おお、濡れてる、濡れてる。メチャメチャ興奮してたんじゃないですか、義姉さん。そらそら、そら……」

……くにゅくにゅ。くにゅ。

「あぁぁぁ……！」

「うりうり。うり」

「あぁぁ……ぁぁぁぁ……ぁぁぁぁ……！」

愛結子のパンティの中は、ちょっとしたサウナのようだ。じっとりとした湿気を帯び、驚くほどの温度の高さも感じさせる。

クリトリスは、どうしようもないほど勃起していた。

大ぶりな野いちごにも思える猥褻な肉豆を、修はいやらしく緩急を利かせ、巧みなあやしかたでくにゅくにゅとやる。

「うう。うううううっ」

「気持ちいいですか、義姉さん。嘘をついてもだめですよ。なにしろオナニーをしていたんだ。気持ちよくなりたくてしかたがなかったってことは、もうバレバレなんですからね。そらそら。そら」

「うぅぅぅつ。うぅぅぅぅぅつ」

ささやき声でもなぶりながらの修の責めに、愛結子は絶え間なく身をよじり、悲痛なうめき声をあげる。

相変わらず、パニックの中にいることを、こわばった美貌は伝えていた。その目はさかんに夫を気にし、何度も何度も浩介の大きな背中に向けられる。

しかし今、修が責めたてているのは、痴女という名の楽器であった。

どんなにうろたえ、とり乱そうと、男の愛撫に刺激され、愛結子は次第に自分を見失い——。

「あぁ……あぁぁぁ……」

夫を気にして動転しながらも、同時に妖しい快楽に、ズルリ、ズルリと引きずりこまれていく。

(感じてきたな。いいぞ、いいぞ)

嫌悪して暴れるような反応から、艶めかしさあふれるくねらせかたへと、女体の動きを変えはじめた。

びっくりしながらもこの状況に、強烈な昂りをおぼえていることは間違いないと、修は強く確信する。

「気持ちいいでしょ、義姉さん」

ねっとりとしたささやきかたで、愛結子をあおった。

ワレメから、いやらしい汁があふれていることをたしかめるや、並べてそろえた二本の指を、痴女の肉壺にヌプヌプと挿入する。

「あぁあぁあっ……」

「クク。すごい濡れてる。ほら、思いきりかきまわしてあげますよ」

……ぐちゅっ。ぬぢゅぢゅ。

「――っ！　ああああ。あああああああっ」

愛結子はくわっと目を見開き、必死になってかぶりをふった。

やめて、お願いだからやめてと、声にならない声を出し、懇願しているのは明らかだ。

そんな熟女に、燃えあがるほどの劣情をおぼえた。

まずは前戯の前戯とばかりに、ドリルのように指をまわし、ぬめる膣洞をほじくり返す。

「あぁぁあっ。ぅっ。ぅぅっ。あぁぁぁぁぁあっ」

「フフ。気持ちいいですか。声が出ちゃいますか。出したかったら、出したらどうです」

しびれるような嗜虐心が、今日もまた修をドSな責め師にした。

愛結子の口に押し当てていた手をそこから剝《は》がす。

愛結子の顔はたちまち汗の湿りを帯びていた。手を離すや、ベリッと湿った音がする。

「――ううっ」

愛結子はあわてて、自分の両手で口をおおった。声などもらしてはたいへんなことになると、恐れおののいてる様子である。

「出したかったら、出せばいいのに。ていうか、いやでも出るようにしましょうか、俺が」

「きゃっ……」

修は言うと、いったん膣から指を抜いた。パンティごと、愛結子の下半身からパジャマのズボンをずり下ろす。

「ああ、ちょ……ひゃっ」

愛結子はうろたえ、ズボンを脱がせまいとした。

だが、血気にはやった修の勝ちだ。

むちむちした両脚から、下着とズボンを完全に脱がせる。暴れる両脚をむりやり開かせ、浅ましい牝の涎でぬめり返る、愛結子の秘唇にまたしてもそろえた指をぐちょりとねじりこむ。

「ンムグウゥゥッ」

愛結子はたまらず、淫声をほとばしらせかけた。そんなエロチックな声を、口に強く押し当てた白魚の指が、色っぽいうめきに変える。

「そらそら。どこまで耐えられますか。えっと、ここかな……」

「ンンンゥウッ」

修は指の位置を変え、ザラザラとしたくぼみをさぐり当てた。

Gスポットだ。

「クク……」

「あ……あ……」

美貌を引きつらせる愛結子に口の端をつりあげると、容赦も遠慮もない荒々しさで、痴女のGスポットを猛然と責める。

……グチョグチョグチョ！

「ンンゥウゥッ。ングゥウゥウゥッ」

聞くに耐えない汁音が、膣から高らかに鳴りひびいた。

うれしい、うれしいと喜悦するように指をしめつける牝肉が、波打つ動きで蠕動する。

「クク。すごい音。気持ちよくてたまらないでしょ、義姉さん。そらそらっ」

ささやき声で言いながら、修は一点集中でGスポットをなぶった。

愛結子はもう悶絶寸前だ。

狂ったように髪を乱し、右へ左へと身をよじる。

背すじを弓のようにしならせてはもとに戻し、また弓のようにしならせる動きをくり返す。

膣肉がムギュギュとちぎれるほどに指をしめつけた。

（おお、すごい力！）

……ガッポガッポガッポ。ガッポガッポ！

「んんんっ、んんんんんっ」

上の口からも下の口からも、エロチックな音がもれた。指でかきまわす淫肉からは、聞いたこともないような粘着音が高らかにひびく。

愛結子が懸命に手で蓋をする朱唇からは、パニックと恍惚がない交ぜになったような色っぽいうめき声がした。

（おっ……？）

「んんっ、んんっ、んんんんんっ」

髪を乱してかぶりをふる。

うめく声音に凄艶な力みが色濃く混じってくる。

愛結子は両膝を立て、かかとを、尻をあげていく。爪先と肩で自分を支え、天に向かっておのが股間を突き出すようなポーズになる。

「そらそら。クク。そらそらそら」

ささやき声であおりつつ、蜜肉を指でかきむしった。

愛結子は口から手を離す。敷き布団の、白いシーツを両手につかんだ。

あんぐりと口を開けたまま、狂ったように身をよじる。声にならないせつない声が、小さなひびきで闇を揺らす。

「あぁぁ……ぁぁぁぁぁっ……ぁぁぁぁぁぁぁぁっ！」

……ビクン、ビクン、ビクン！

「うおっ」

ついに愛結子の肉貝から、透明なしぶきが飛びちった。

愛結子は美貌を引きつらせ、くわっと目を剝く。凄艶な表情で、なおも尻をあげ、爪先立ちになったまま、派手に身体を痙攣させる。

「おぉおぉ、こいつはすごい。壁にまで飛びちりそうな潮噴きだ。そらそら、まだまだ噴けるでしょ。よっと……」

「ぉぉぉぉぉっ。ぉぉぉぉぉぉぉっ！」

なおもヌチョヌチョと、秘割れの中をほじくり返した。

しつこいほどのGスポット責めに、愛結子はますますえびぞっていく。

指を抜き差しするピンクのワレメから、さらにブシュッ、ブシュシュッと潮が四散した。

軒を打つ雨滴のような音をたて、敷き布団をしぶきがたたいていく。

愛結子はとうとうブリッジのようなポーズになった。いつも楚々として上品な、奥ゆかしい彼女とも思えない。

こんな大胆でいやらしい格好にもなれる女だったのだ。

「あああ……」

やがて、とうとう愛結子は腰くだけになった。

強制的な潮噴きで、大量の潮を噴き出しきる。精も根もつきはてたとばかりに、ぐったりと脱力して布団につぶれた。

3

「はぁはぁ、はぁはぁはぁ」

「クク。すごかったですね、義姉さん。気持ちよかったでしょ」

荒い息をつく義姉に、ささやき声で問いかけた。

「っ……お、修さん、あなた、いったいどうやって——」

「う、うーん」

「——ヒッ」

愛結子は修を糾弾しかける。すると、こちらに背を向けていた浩介が、不機嫌そうにうめいて寝返りを打った。

そんな夫の動きを、愛結子はフリーズして凝視する。

浩介がこちらに身体を向けた。

再び、いびきをかきはじめる。

「あああ……」

スリルと緊張に耐えかねたように、愛結子は哀切な吐息をもらす。

「ククク……ほら、暑いでしょ。脱いじゃえば、義姉さん」

修はくつくつと笑いながら、愛結子のパジャマに手を伸ばした。

「あっ。いや。やめて……いや……」

愛結子はあわてて脱がせまいとする。

しかしすでに、その身体には思うように力が入らない。

あせる気持ちとは裏腹に、あらがう動きは緩慢だった。修は労せずして、義姉の上半身からパジャマの上着を引きちぎるように脱がせて放る。

「あぁぁん……」

ブラジャーは着けていなかった。

濃い闇の中。

色っぽい薄桃色の熟れ裸身が、匂いやかな色味とともに露になる。

「さあ、今日もくれてやりますよ」

修は言うや、着ているものを脱ぎすてた。高く、低くひびく浩介のいびきをBGMに、あっという間に全裸になる。

「ああ、ちょ……修さん……あああ……」

ブルンッとしなって天を向いた怒張に、愛結子は美貌を引きつらせた。

あわてて顔をあらぬかたに向ける。

挿入させてはならじとばかりに、布団から身体を起こそうとする。

「や、やめて。冗談、言わな……あああ……」

逃げ出そうとした全裸の人妻を、強引に布団に仰向けさせた。体重を載せて動きを封じ、脚を開かせて挿入の態勢を取る。

「だめ。だめだめ。いや……」

今夜も愛結子は、汗の甘露をにじませはじめていた。肌と肌とを重ねれば、汗ばむ肌がしっとりと修の皮膚に吸いついてくる。

たわわにふくらむおっぱいがふたりの身体にはさみうちされ、行き場をなくして平らにひしゃげた。はみ出す乳肉がふたりの脇に飛び出し、硬くしこった桃色の乳首が、修の胸に食いこんでくる。

義姉の心臓は、早鐘のように打っていた。

「ヒイィ。やめて。やめて……なにを考えているの」

隣の浩介を気にしつつ、愛結子はささやき、修をなじった。

四肢をばたつかせ、おおいかぶさる極悪な責め師を、ぜがひでも払いのけようとする。

「なにを考えてるって……そんなの決まっているじゃないですか」

「えっ、ええっ、あぁ……」

抵抗する白い手を払い、むちむちした脚を開かせる。つつましやかな熟れ妻を、仰向けにつぶれた蛙さながらの煽情的な格好にさせた。

修はいきり勃つ股間の肉棒を手に取ると――。

「気持ちのよかった義姉さんのヌルヌルマ×コに、またこのち×ぽを挿れたいって、ただただそればかりですよ」

「ひっ」

――ヌプッ。

「んんぅっ」

――ヌプッ。ヌプヌプヌプッ！

「ンップププウッ」

今夜も愛結子の同意など、得ようともしない挿入だった。

猛る怒張を強引に埋めれば、愛結子の膣は思いがけない快適さで、修のペニスを受け入れる。

「うお……ああ、義姉さん……」

ヌルヌルとして温かで、驚くばかりの狭隘さを持っていた。

愛結子の蜜壺は、あの日と変わらぬいやらしさで、快く男根を迎え入れ、奥へ、奥へと引きずりこむ。

（ああ、気持ちいい）

修はうっとりと、ぬめり肉の猥褻な心地に酔いしれた。

愛結子の淫肉は痙攣のように蠢動し、強く、弱く、また強く、うずく極太をしめつけては、解放する動きをくり返す。

「ンムゥッ。ンンゥウウゥッ」

「おお……おおお……」

「だめ。困る……困る……ンンウウッ……」

奥へと牡棹を埋めれば埋めたぶん、愛結子は背すじをのけぞらせ、はしたない快感にとり乱した。

その目はさかんに、すぐそこにいる浩介に向けられる。

しかしそれでも、腹の底深くをいっぱいにふさぐ、背徳の巨根に痴女の本能はあらがえない。

「はぁはぁ……さあ、ち×ぽ、挿れてしまいましたよ、義姉さん」

根元までズッポリと、熟女の淫乱肉に埋没させた。サディスティックなささやき声で修は口角をつりあげて言う。

愛結子の前髪は、形のいい額にべったりと貼りついていた。修は義姉の濡れ髪を指できれいに上へとあげ、チュッとおでこに口づける。

「ああ、だめ。お願い、だめ。だめよ……」

愛結子はもうパニックだ。これからはじまることを思えば、生きた心地などしないに違いない。

柳眉を八の字にし、お願い、お願いと、哀訴するような顔つきになった。何度も左右にかぶりをふり、泣きそうになりながら修を見る。

「だめって言われても……」

言いながら、汗ばむ裸身をかき抱いた。愛結子は片手を口に当て、ギュッと目を閉じ、かぶりをふる。

「ンンゥ……」

「だめって言われても……こうなったら男はもう、こうしないと死んでしまう生き物なんですよ」

……ぐぢゅる。

「ンンンウウウウッ」

「おお、気持ちいい！　そら、そらそらそら」

……ぐぢゅる。ぬぢゅる。ねちょっ。

「ンンンンンンッ」

いよいよ修は腰を使い、ぷっくりとふくらむ鈴口を、愛結子の濡れアワビに擦りつけはじめた。愛結子は全身を硬直させ、悲愴なうめきをあげながら、必死に修を押しかえす。

「ンン。だめ。修さん、だめ、だめ。お願い。ンンンゥウゥ」

「義姉さん、気持ちいいですよ、今夜も義姉さんのオマ×コ」

「ンンゥウ……」

「オマ×コ、オマ×コ、義姉さんの裏切りマ×コ」

「ンンンゥウ。ンンウウゥ」

「すぐそこに旦那が寝ているのに、こんなに濡れてる不倫マ×コ」

「あああ」

もうだめ、とばかりに、愛結子は修を押しのけながら彼を見あげた。

大きく口を開け、ヒュウと音をたてて息を吸う。

修はそんな人妻に、声には出さず「オ、マ、×、コ」と言った。

すると愛結子は、やはり声には出さないで「ああぁ、あああああ」と叫んでいる顔つきで慟哭しはじめる。

「おお、義姉さん、そらそらそら」

……グチュグチュ！　ヌチュヌチュヌチュ！

膣奥深く亀頭でえぐって抜くたびに、愛結子は声にならない声をあげ「ああ、あああぁあ」と吐息で吠えた。

その顔の、なんと真に迫り、いやらしいことか。

目の端から涙のしずくをあふれさせていた。それなのに、同時に瞳には妖しい潤みも見てとれる。

形のいい鼻翼がたえまなくひくつき、鼻の穴が開いたり閉じたりした。

あんぐりと開けた肉厚の朱唇がわなわなとふるえ、声にならない叫びとともに、泡だつ唾を修の顔に飛びちらせる。

(こいつはたまらん)

一気に射精衝動が高まり、修はあわてて尻の穴をすぼめた。こんなところで暴発してしまっては、まさにお笑いぐさである。

愛結子の甘く熱い吐息が、くりかえし修の顔をなでた。

「あああ、あああああ」と声に出さずに叫んでいる。

気持ちいいのだろう。もう、たまらないのだろう。

愛結子は何度も浩介を見ながら、またしても口を押さえた。

4

（ああ、どうしよう。気持ちいい。気持ちいい！）

愛結子は動転した。

あってはならない禁忌な事態に、再び呑まれて裏切り行為を働いている。

すぐそこに、夫がぐっすりと眠っているのだ。

あんな不貞を働いても、快く許してくれた夫が。なんの罪もない夫が。

それなのに、自分は再び修とまぐわい、いやがるどころかまたしても、彼のたくましい男根に――。

（き、気持ちいいの。ああ、こんな身体嫌い。大嫌い。あああああ）

うずく媚肉をほじくり返されるたび、甘酸っぱさいっぱいの快感が子宮からひらめいた。

全身が性器と化したようだ。

なんという過敏さ。なんという快感。しびれる肌に修の皮膚が擦れるだけで、信じられない恍惚感がまたたく。

肉スリコギで膣をえぐられるそのたびに、とろけるような気持ちよさが、愛結子の女体を衝きあげる。

「あああ……」

（ヒイィ。声が……声が出ちゃう！）

とうとうこらえが利かなくなってきた。

思わず変な声がもれ、愛結子はさらに強く口をおおう。

すると修が、すぐさまそんな彼女の手を払った。

（やめてええ）

「もういいじゃない、義姉さん。出したかったら出せばいいよ。そらそらっ」

愛結子を地獄に突き落とすような言葉をささやいた。さらに猛烈なピストンで、ぬめる子宮をグチョグチョとえぐる。

「あああぁ」

（い、いや。変な声出ちゃう！　あの人がいるのに変になっちゃう！）

愛結子は絶望的な気持ちになった。

しかし、なんだこの感覚は。

なんだこの、異常なまでの気持ちよさは。

もうこれでぜんぶ終わりだと思うたび、これまで感じたこともなかったようなエクスタシーが、愛結子の媚肉を、身体をうずかせた。

スリル満点のセックスに、いつしか愛結子はなにもかも忘れ、身悶えしたくなるほどの強烈な快感をおぼえ出す。

「そらそらそら」

……グチョグチョ！　ヌチョヌチョヌチョ！

「ああああ」

（ああ、もうだめ。もう、だめえええ。声が……声が——）

「そらそら、そらそらそら」

……ニチャニチャユ、ネチョ。グチョグチョグチョ！

「あああ、ああああはははああ」

（もう、だめ。我慢できない。ごめんなさい、あなた、あなたああ）

ついに卑猥な声が上ずりかけた。

絶望と官能が、どちらも壮絶な強烈さで愛結子の身体を震撼させる。

愛結子は頭をしびれさせた。朦朧《もうろう》となりながら、隣で眠る夫を見た。

（えっ）

ギョッとした。

浩介が見ている。こちらを見ている。

しかもその目は、不気味なぐらいギラギラとしていた。

「ヒイイ。あ、あな、あなた――」

「おおお、愛結子……愛結子、俺、たまらないよ！」

仰天しながら呼びかけた愛結子に、ふるえる声で浩介が応じた。

その声は、今し方まで寝ていた人間とは思えないほどしっかりとしている。

そのうえ浩介は、もはや辛抱もこれまでとばかりに、かけていた布団を大胆な動きで身体からはいだ。

「えっ……ええっ、あなた——」

愛結子は思わず声を裏返した。

露になった浩介の下半身は、いつの間にか裸である。パジャマのズボンも下着も脱ぎすて、片手にペニスを握ってしごいていた。

「えええっ！」

愛結子は驚いてさらに目を剝く。

なんと夫の陰茎は、半勃ち程度にまでなっていた。下品な大きさと硬さを増し、天に向かって反りかえりかけている。

「あ、あなた!? あああああ」

そのとたん、さらに容赦ない激しさで、修に亀頭をたたきこまれた。

火を噴くような快さに子宮が甘酸っぱくうずき、愛結子はたまらず吠え声をほとばしらせる。

「はぁはぁ……愛結子、おまえという女は、俺の前でほかの男にち×ぽを挿れられて、そんな声をあげているのか」

そんな妻を、夫はなじった。

なじりながらも興奮し、布団の中で膝立ちになる。はぁはぁと息を荒げてペニスをしごき、いやしい発情を剝き出しにする。

「あ、あなた……そのち×ちん……おち×ちあああああ」

「ち×ちんじゃないでしょ、義姉さん。ち、×、ぽ」

なぶるような声で言いながら、修は愛結子の耳朶《みみたぶ》に、吐息とともに卑語を吹きかけた。

「あああ、修さん……」

愛結子はわけがわからない。

どうして義弟は、こんなに平然としているのだ。

寝取られの現場をまたしても浩介に見られてしまったというのに、どうしてこんなに余裕綽々《よゆうしやくしやく》で、私の膣をこれほどまでに我が物顔でえぐれるのだ。

いや、そんなことはともかく——。

「おおお、義姉さん……」

――ズズンッ。

「うあああ。ああ、だめ。修さん、やめて……」

とろけにとろけた子宮の中に、餅を搗く杵さながらの重量感で、亀頭が重々しくたたきこまれる。

こんな禁忌な状況だというのに、もはや愛結子はこらえきれなかった。すべてがどうでもよくなるような、甘酸っぱさいっぱいの快美感に我を忘れた。

5

――ズンッ。ズズンッ。

「おおおおう」

「おお、すごい声。義姉さんじゃないみたいだ。ねえ、お義兄さん」

「おお、愛結子……」

とうとう愛結子から出はじめたガチンコの淫声に、さらに修は昂った。

狂ったようにオナニーをする、下半身まる出しの義兄に同意を求める。

「あぁン、あなた、あな――」

「そおらっ」

――ぐぢゅる！

「おおおおう。ああ、私ったら、なんて声……聞かないで。聞いちゃダメ」

問答無用のハードな突きこみに、ますます愛結子は狂い出す。

とまどいながら、恥じらいながら、神に与えられたその身体を、いよいよまるごと解きはなつ。

――ズズンッ！

「おおおおう、おおおおおおうっ」

「ああ、愛結子、おまえ、なんて声を……ああ、興奮する！」

それは愛結子とは思えない声だった。

すべての音に濁音がついたような、浅ましくも低い声。

たおやかな笑みはどこにもなかった。奥ゆかしいふるまいとはほど遠かった。

獣がいた。

降臨した。

痴女という名の女神が今、ここにいる。

「おおう、あなた、あなたああ……もう、だめ。もうだめええ。おおおおお」

「ち×ぽ、気持ちいいかい、義姉さん。そらそらそらっ」

修は激しく腰をしゃくり、ひりつく亀頭を熟女のとろけ肉に、夢中になって擦りつけた。

「おおおおう。修さん、修さああああん」

「愛結子、修くんのち×ぽ、気持ちいいか。んん？」

よがり泣く妻に、畳に膝を進めて浩介が聞いた。そのペニスは、いよいよ半勃ちから七分勃ちほどにまでなっている。

「おおう。あなた、おおおおう」

「言いなさい。修くんのち×ぽ、気持ちいいか……愛結子！」

「おおおおお、おおおおおおっ」

「愛結子！」

「おおう。き、気持ちいい。あなた、気持ちいいよう。気持ちいいよう。ごめんなさい。ごめんなさい。でも、私……わたああああああ」

すすり泣きながら、よがりわめきながら、愛結子は夫に謝罪した。そんな熟女にみなまで言わせず、修はさらにズンズンと子宮に亀頭をめりこませる。

「うう。義姉さん……」

淫らな恍惚感に狂う美しい痴女に昂りながら、愛結子のおっぱいを両手につかんだ。もにゅもにゅと、ねちっこいまさぐりかたで揉みしだく。

「おおおう。も、もっと、修さん、もっと揉んで。ねえ、揉んでえええええ」

「こ、こう、義姉さん……こう」

……グニグニ。グニグニグニ。

「おおおう。ああ、気持ちいい。気持ちいいの。おおう。こんなのはじめて。はじめてええ。おおおおおおおっ」

「くぅぅ、愛結子、はぁはぁはぁ」

悶え狂う愛妻に、すさまじい興奮をおぼえるのか。

修はさらに愛結子と修ににじりより、その目をギラギラと輝かせて、力を持ちはじめた陰茎をはしたないて手つきで猛然と擦る。

そのペニスは、いよいよ八分勃ちぐらいにまでなってきたのではあるまいか。

「おおう。とろけちゃう。おかじぐなるうう。おおおおおお」

「ああ、愛結子……」

(いいぞいいぞ……やったね、義兄さん!)

ネチネチと愛結子の乳を揉み、乳首を擦りたおして獣の声をあげさせながら、修は浩介に微笑んだ。


浩介から「会いたい」と連絡があったのは、一週間ほど前のことだ。

裁判でもおこされるかとビクビクしていた修は、いったいなにごとだと、不安になりながら指定された場所に出向いた。

梨花にはすべてを話してあった。

ほとぼりが冷めたら私も動いてあげるからと、修の味方になってくれていた梨花に「絶対に行ったほうがいいわよ。行きなさい!」と背中を押されたことも大きかった。

浩介からもちかけられた話は、まさに意外だった。

一度は激怒し、修をなぐりまでしたものの、愛する妻を寝取られるという異常な刺激に倒錯したものをおぼえたらしい。

それまでピクリともしなかった陰茎が、妻の不貞を目撃するや、久しぶりにうずいたことも大きかったようである。

——修くん、もう一度、俺の前で愛結子を犯してくれ。

浩介は淫靡な好奇心と欲望をこらえきれず、修に関係の修復を持ちかけたばかりか、そんな直談判《じかだんぱん》までしてきた。

もう一度、愛結子を抱くことが義兄の助けにもなるのなら、まさに一石二鳥ではないかと、修はふたつ返事で快諾をしたのであった。


「おおおう。ああ、感じちゃう。感じちゃうンンン。おおおおう」

愛結子は異様な吠え声をあげ、痴女に生まれた悦びを、誰はばかることなく享受した。

ペニスでかきまわす膣からは、これまた異常としか言いようのないネチョネチョとした汁音がねばりながら高らかに鳴る。

「クク。気持ちいいの、義姉さん」

「気持ぢいい。気持ぢいい。お願い、もっとして。やめないでええ」

「どうしようかな。よっと」

……ちゅぽん。

「あああああ」

ドSな責め手となった修は、哀訴する義姉の媚肉から怒張を抜いた。

そのとたん、愛結子は壮絶な欲求不満を露にする。

「ああ、どうして。どうしてなの。いじわる。いじわる。苦しいン。あああ」

まさに、七転八倒という感じだった。

女体に荒れ狂う嵐のすさまじさを見る思いがした。

愛結子は布団を転げまわり、やがて四つんばいの体勢になった。誰に命じられたわけでもないのに、自ら股のつけ根へと白魚の指を伸ばすやいなや——。

「あああああ」

自らクリ豆をかきむしり、浅ましい本能を男たちにさらす。

もう一方の手は乳房に伸びた。やわらかなおっぱいを鷲づかみにするや、狂ったように揉みしだき、乳芽をビンビンとはじいて倒す。

「ああぁ。いじわるしないで。しないでよおおう。あああああ」

「なにがほしいの、義姉さん」

「ち、ち×ぽ。ち×ぽおおおおっ」

「おお、愛結子、興奮する！」

理性を失った美しい痴女は、唾を飛ばしながらはしたない言葉でペニスをねだった。

肉栓を失った痴女の淫肉は、ものほしげに蠕動しては、泡を吹く蟹《かに》さながらに愛蜜のあぶくを、ブクブクと噴き出させて布団に垂らす。

「くうぅ、義姉さん、これだね。これがほしいんだね」

もはや、修も限界であった。

いやらしい愛結子がかわいくてたまらない。

四つんばいの熟女の背後で、あらためて態勢をととのえた。

蜜にまみれて汁を垂らすペニスを、もう一度、痴女の肉穴に押しつけて、奥までヌプッと刺しつらぬく。

「んっぎゃあああ。ああ、ち×ぽきた。きたよう、きたよう。あああああ」

「そらそら、思いきりほじくり返してやる」

獣同士の交接は、最終局面に入った。

汗を噴き出させた愛結子の裸身が、闇の中で匂いやかな光沢を放つ。

そんな細い腰を荒々しくつかんだ。

汗のせいでヌルッとすべる。

修はもう一度、義姉の腰をつかみ直した。ググッと膝を踏んばると、怒濤の勢いで野獣そのもののピストンマシーンと化していく。

……バツン、バツン、バツン！

「うおおう、うおおうおうおおおう。ああ、気持ぢいい。イイイインンン」

バックからガツガツと容赦なく突かれ、愛結子は狂乱の嬌声をあげた。

肉穴をほじくり返されながら、クリ豆をかきむしる。

「おおおう、おおおおおう」と獣の声をあげ、紅潮した顔を夫に向ける。

「おおう。あなた、ち×ぽ、勃った。ち×ぽ、勃ってるンン。おおおおう」

「おお、愛結子、勃った。勃ったぞ。おおおおっ」

妻に指摘され、浩介は誇示するようにペニスから手を放した。

修や聡史に比べたら、いかにも粗末なペニスではある。

だがそれでも、それは勃っていた。天を向いて吠えていた。

涙ぐむ夫に、愛結子は「あああ、あああああ」とさらに激しくよがり狂う。

「うれしいの。うれしいの。ああ、修さんのち×ぽ、気持ちいい。気持ちいい。もう、イグ。イググイグイグッ。ああああああ」

「おお、義姉さん、俺ももうダメだ」

――パンパンパン。パンパンパンパンパン！

「うおおうおうおう。あああ、おがじぐなるうううっ」

「おお、愛結子、愛結子、はぁはぁはぁ」

猛然と突きこまれるたくましい巨根に、愛結子は随喜の涙を流して咆哮した。

もはやクリトリスなど、いじくってはいられない。目の前のシーツをつかんだり、ガリガリと引っかいたりして喜悦にむせぶ。

かきまわされる牝肉がもたらす、底なしのエクスタシーに――。

「おおう。ち×ぽいいよう。ち×ぽいいよう。あなだ、私、気持ぢいい。気持ぢいい。おおおおう。もうだめ。イッぢゃうウゥゥ」

恥悦を露にして夫に訴えた。そんな妻に反応し、浩介は畳から立ちあがると、這《は》いつくばる妻の前へと身を移して怒張をしごく。

「愛結子、イキなさい、修くんのち×ぽでイキなさい。ち×ぽ、いいか」

「ち×ぽ、いい。ち×ぽ、いい！」

「おっきいか。んん？」

「お、おっきい。あなた、ごめんなさい。このち×ぽ、とってもおっきいンン。あああ。イグッ。イグイグイグッ……」

「ああ、俺もイクッ！　お、修くん……」

浩介はペニスをしごきながら、妻と言葉を応酬した。

愛結子は髪を乱し、肌からぶわりと汗を噴き出させて、いよいよアクメへと急加速し、狂ったように髪をふる。

修は浩介に大きくうなずいた。

頼まれなくても、こっちももうここまでだ。

膣ヒダにカリ首を擦りつけるたび、泣きたくなるほどの快感がひらめいた。

射精衝動が膨張し、下腹の底からザーメンが、洪水のようにせりあがる。

「さあ、義姉さん、イクよ！」

「うおおおう。気持ぢいい。イグッ。イグイグイグウッ。ああああああ」

「ああ、出る……」

「愛結子おおおお」

「おおお。マ×コ、イグウウッ。おおおおお、おおおおおおおおおっ!!」

――どぴゅどぴゅどぴゅっ！　びゅるぶぴ、どぴぴっ！

修はロケット花火になった。

目の前で白い光がまたたいたかと思うと、視覚も聴覚も喪失する。

音もなく、天空高く打ちあげられた。

ロケット花火どころではない。光にでもなったような気持ちにすらなる。

どこまでも、どこまでも、無限の空を突きぬけた。

間違いなく、人生最高の射精であろう。

修はただただうっとりと、いとしい女の膣奥に精子をぶちまける、獣の悦びに心底おぼれた。

「はう……はうう……お、おう……おおおう……」

「はぁはぁ……愛結子、おおお……」

「……あっ、義兄さん……義姉さん」

色っぽくあえぐ愛結子の声と、浩介のうめきに我に返った。

見れば愛結子はビクビクと、強烈なエクスタシーに女体を貫かれて派手な痙攣をつづけている。

修のペニスは、そんな彼女の膣の中にズッポリとあった。

ドクン、ドクンと脈打って膨張するたび、愛蜜まみれの棹が愛結子の膣を押しかえし、肉皮が突っぱるまで目いっぱい広げさせている。

そして、そんな美妻の汗まみれの美貌は——。

「あぁン、あなた……あなたあ……」

「愛結子……やったぞ。やった……！」

愛結子の顔は、練乳でもぶちまけられたようにドロドロになっていた。

しかしそこから香るのは、練乳の甘い香りなどではなく、栗の花を彷彿とさせるザーメンの淫臭である。

浩介のペニスもまた、爆発をしていた。

妻の眼前に突き出された赤銅色の亀頭は、まだなお膨張と収縮をくり返し、カリ首から精子の名残を糸を引いて伸ばしている。

「義兄さん……」

「修くん、ありがとう……ありがとう……！」

「いや……礼を言われることではないんですけどね……」

涙目で浩介に礼を言われ、修は複雑な気分になった。

その人の妻を寝取って喜ばれる異常な世界。

痴女とだからこそ、行くことのできるうしろめたい世界。

修は今、そこで生きていくことの幸せをあらためて噛みしめ、そして——。

「あはは……」

とまどいながらも、思わず笑った。

この作品は、ジーウォーク「紅文庫」のために書下ろされました。

紅文庫

令嬢三姉妹《れいじようさんしまい》 あるいは悪徳《あくとく》の誘惑《ゆうわく》

庵乃音人《あんのおとひと》

2021年 1月 15日　第 1 刷発行

企画／松村由貴（大航海）
DTP／遠藤智子

編集人／田村耕士
発行人／日下部一成
発行所／ロングランドジェイ有限会社
発売元／株式会社ジーウォーク
〒 153-0051 東京都目黒区上目黒 1-16-8 Yファームビル 6 F
電話 03-6452-3118
FAX 03-6452-3110

印刷製本／中央精版印刷株式会社

本書の全部または一部を無断で複写することは著作権法上での例外を除き、禁じられています。

乱丁・落丁本は小社あてにお送りください。送料小社負担にてお取替えいたします。

定価はカバーに表示してあります。

©Otohito Anno 2021,Printed in Japan
ISBN978-4-86717-127-1

乙女のこころ、
報国のこころ
睦月影郎
Kagerou Mutsuki
帝大生の顔を跨《また》ぐなんて……
慰安所に向かうはずだった美処女が現代に舞い降りる
近代史を学ぶ紘夫の上に、降ってきたのは終戦直後に身をはかなんだ数え十九の乙女、友恵。話を聞けば聞くほど、まさに黄泉がえったことに驚きながらも初物を頂戴。事態を相談した美人講師、さらに友恵を巡って「数奇」な縁者の女医と娘が大学にいて快楽三昧の日々が訪れ……。鮮やかなラストに泣き濡れる時空官能！
定価／本体720円＋税
紅文庫
最新刊